我的家风第一课

家范传承

中国妇女儿童博物馆 / 主编
赵斌斌 / 编著

天津出版传媒集团

新蕾出版社

图书在版编目(CIP)数据

家范传承 / 赵斌斌编著 ; 中国妇女儿童博物馆主编. -- 天津 : 新蕾出版社, 2021.9
 (我的家风第一课)
 ISBN 978-7-5307-7238-6

Ⅰ.①家… Ⅱ.①赵… ②中… Ⅲ.①故事—作品集—中国—当代 Ⅳ.①I247.8

中国版本图书馆CIP数据核字(2021)第140911号

书　　名：	家范传承　JIAFAN CHUANCHENG
出版发行：	天津出版传媒集团 新蕾出版社
	http://www.newbuds.com.cn
地　　址：	天津市和平区西康路35号（300051）
出 版 人：	马玉秀
电　　话：	总编办 (022)23332422 发行部 (022)23332679　23332677
传　　真：	(022)23332422
经　　销：	全国新华书店
印　　刷：	天津新华印务有限公司
开　　本：	880mm×1230mm　1/32
字　　数：	81千字
印　　张：	5.5
版　　次：	2021年9月第1版　2021年9月第1次印刷
定　　价：	30.00元

著作权所有，请勿擅用本书制作各类出版物，违者必究。
如发现印、装质量问题，影响阅读，请与本社发行部联系调换。
　地址：天津市和平区西康路35号
　电话：(022)23332677　邮编：300051

总策划　蔡淑敏
主　编　寇虎平　宋放
执行主编　梁红

编　委　徐鲁　张星　徐德明　赵斌斌
　　　　郝轶超　徐珊珊　曹建慧　史春晖

目 录

1 王羲之：一代书圣　满门英才

把水池洗成墨池 …………………003
百姓的命在我的心上 ……………005
赫赫有名的书法世家 ……………008
博物馆里的珍贵记忆 ……………010

2 范仲淹：穷且益坚　胸怀天下

划粥断齑　山寺苦读 ……………019
宅心仁厚　铁面柔情 ……………021
窖金捐寺　轻财重义 ……………024
先人后己　重教兴学 ……………025
博物馆里的珍贵记忆 ……………027

❸ 苏轼：博学多才　超凡脱俗

虚心向学　读书正业 …………035
勤政爱民　不计得失 …………038
乐善好施　焚契退房 …………041
铭砚教子　修身养德 …………042
博物馆里的珍贵记忆 …………044

❹ 文天祥：赤胆忠心　舍生取义

做像竹子一样的人 ……………053
国难当头　救国要紧 …………056
天地有正气 ……………………059
博物馆里的珍贵记忆 …………062

❺ 于谦：清正廉洁　力挽狂澜

志向高远的少年 ………………069
两袖清风的官员 ………………071
力挽狂澜的英雄 ………………073
教子有方的父亲 ………………076
博物馆里的珍贵记忆 …………078

⑥ 戚继光：文韬武略 保家卫国

- 一双漂亮鞋子的故事 …………087
- 只愿家国平安 …………090
- 令行禁止的戚家军 …………093
- 博物馆里的珍贵记忆 …………095

⑦ 林则徐：一身正气 禁毒英雄

- 读书就要为百姓谋福利 …………103
- 把鸦片查禁到底 …………105
- 做人一定要踏实进取 …………108
- 博物馆里的珍贵记忆 …………111

⑧ 曾国藩：有志有恒 心正文正

- 勤能补拙　时常自省 …………119
- 为官清廉　做人低调 …………121
- 兴办洋务　自强不息 …………124
- 重视德行　家风笃厚 …………127
- 博物馆里的珍贵记忆 …………129

❾ "样式雷"家族：清代皇家首席建筑设计师

- 让皇帝念念不忘 …………… 135
- 凭真本事立足 ……………… 138
- 为后代留下一点儿宝贝 …… 141
- 博物馆里的珍贵记忆 ……… 144

❿ 张謇：办厂兴学的状元郎

- 功夫不负有心人 …………… 151
- 愿做有用之事 ……………… 153
- 永远的《家诫》 …………… 156
- 博物馆里的珍贵记忆 ……… 158

王羲之：
一代书圣　满门英才

扫码听书
"声"临其境

王羲之是我国东晋时期的著名书法家，被誉为"书圣"，他的《兰亭集序》被历代书法大家公认为举世无双的"天下第一行书"，是书法界不可逾越的高峰。

据说唐太宗李世民酷爱王羲之的书法，千方百计得到了《兰亭集序》的真迹，每天都要拿出来细细观赏，死后还将其作为陪葬品，带进了自己的陵墓昭陵。

王羲之的书法影响了后世一代又一代的书法家，他的人格、才气也被后世所称道。在他的影响下，王家子孙中有不少人也成了书法家，王家成了书法史上颇具盛名的家族。

把水池洗成墨池

王羲之出身于晋代的名门望族琅琊王氏。他的父亲王旷当过太守,伯父王导是丞相,另一位伯父王敦当过大将军。当时流传着"王与马共天下"的说法,"马"指的是东晋皇室司马家族,"王"就是琅琊王氏家族,这话的意思是:天下是皇室和王家共享的。可见王家的势力有多大。

出生在这样一个显赫的家族,王羲之从小就受到了良好的教育,尤其是在书法方面。在经过父亲的书法启蒙之后,王羲之也曾经向叔叔王廙(yì)和卫夫人这两位当时最好的书法家学习。

王羲之12岁的时候,偶然发现父亲的枕头里竟然藏了一篇讲书法理论的文章——《笔论》,就偷偷地拿出来,读得津津有味。

母亲看见了问:"你年纪还小,能理解文中的深意吗?"

父亲听见了,也走过来笑着说:"别着急,等你长大了,我一定会教你的。"

王羲之摇了摇头道:"学无止境,等我长大了再学,只怕就来不及了呀!"

父亲见他如此上进,便不再劝阻,而是指导他好好学习。从此以后,王羲之的书法进步得更快了。

王羲之虽然是大家族的子弟,但他并没有像其他人那样游手好闲、不学无术,他在学习上非常勤奋刻苦。传说他每天都坚持写字,毛笔写完了要用水洗,他就在家旁边的一个水池边洗笔。日复一日,年复一年,本来清澈见底的水池,让王羲之洗得变了颜色,变成了"墨池",池子里的水都可以当墨汁用了。从此以后"墨池"就和王羲之勤奋练习书法联系在了一起。

有一次,王羲之在书房读书读得入迷,母亲喊他吃饭。他嘴上答应着"来了",手里捧的书却一直没放下。母亲一连喊了他好几次都是如此,无奈之下只好让书童把馒头和蒜泥送到书房里,让他一边看书一边用馒头蘸着蒜泥吃。

过了一会儿,母亲去看他,刚走进书房就忍不住笑出声来:"蒜泥好吃吗?"

原来，王羲之一直在专心致志地读书，把书桌上的墨汁当成蒜泥，用馒头蘸了起来，吃得满嘴都是墨汁，直到母亲叫他时才发现。

百姓的命在我的心上

长大后的王羲之对做官没有什么兴趣，但受到时局影响，又不得不当官，他陆续担任了右军将军、会稽内史等官职。既然当了官，就要为百姓着想，王羲之尽量减轻百姓的生活负担，做了许多利国利民的好事。

352年，会稽郡内遭受了罕见的旱灾，一直延续到了第二年春天。旱灾导致青黄不接，百姓只能用草根、树皮充饥。军队的粮食也遭到了克扣，人们怨声载道。王羲之视察了灾区以后，心急如焚，下定决心要打开国家的粮仓赈济百姓。

有人劝他说:"那是百姓交给朝廷的粮食,不能轻易动用。你擅自打开粮仓,后果将不堪设想,轻则丢失官位,重则丢失性命啊!"

王羲之叹了口气,痛心地说:"百姓的命就那么悬在我心上,解决不了这件事我每天晚上都睡不着。如果百姓都饿死了,朝廷还怎么维持下去?事情都到了这个地步,怎么不能开粮仓呢?"

说完他便果断下令开仓。粮食发下去了,挽救了会稽郡百姓的性命,王羲之也受到了百姓由衷的爱戴。

当时饮酒的风气盛行,人们为了酿造美酒,耗费了大量粮食。受到饥荒的影响,整个会稽郡的粮食存量十分有限。于是王羲之在发放库存粮食的同时,还下了禁酒令,一年内禁止人们酿酒,如果有人偷偷酿造、售卖,将受到严厉处罚。禁酒令的实施节省了很多粮食,有效缓解了粮食紧张的局面。

王羲之心地善良,平日里只要遇到贫苦老百姓,就会尽自己所能帮助他们。

有一天,王羲之走在集市上,看见一位脸色苍白、衣着破烂的老婆婆在卖竹扇,可是买扇子的人却寥寥无几。王羲之就走上前去询问。

老婆婆难过地说:"我的扇子外观一般,没有什么装饰,所以半天也没卖出去一把。可全家人的生活都靠这些扇子了。"

王羲之想了想,安慰道:"老人家别伤心,我有办法帮你把扇子卖出好价钱。"

他顾不上解释,跑回家取来了毛笔和砚台,对老婆婆说:"我在扇子上面写几个字,你就说这些字都是王右军写的。把扇子的价钱定得高一些,赚到的钱都算你的。卖不掉,这些扇子我全买了。"

老婆婆虽然不知道谁是王右军,但反正扇子也卖不出去,只好试一试这个办法,想不到她刚开始大声叫卖"王右军题字的扇子",就围过来很多人抢购。扇子很快便卖光了。

人们常说"文如其人",对于王羲之来说是"书如其人",他能在书法史上留下"书圣"的称号,也许正是因为他的书法反映了他务实为民、富有同情心的可贵品质。

赫赫有名的书法世家

王羲之的书法造诣不是天生的,而是后天勤奋努力的结果,他尤其善于从生活中发现提升书法造诣的方法。王羲之很喜欢鹅,他认为鹅象征着高洁的品质,养鹅不仅可以陶冶性情,还能从鹅的动作形态中领悟到书法的技艺。

传说有一次,他在外出游玩时看到十多只漂亮的白鹅,心里很喜欢,就想买下来,一打听才知道白鹅是附近一个道士养的,就去找道士商量。得知他是大书法家王羲之时,道士眼珠一转,说:"这些鹅我不卖,只要你为我抄一部《道德经》,鹅全部送给你。"爱鹅的王羲之想都没想,欣然答应了道士的要求。从此,书法史上留下了"书法换白鹅"的佳话。

王羲之非常明白勤学苦练的重要性,因此也严格要求自己的孩子们。他的七子一女,在书法领域都有所成就。尤其是最小的儿子王献之,不论是行书、草书,还是楷书、隶书，样样精通，与王羲之并称为"二王"。

王献之从小就跟随父亲学习书法，他天赋很高，没几年工夫就已经在书法上有了一些成就，获得了广泛的称赞。他年岁虽小，但志向远大，决心要赶上甚至超过父亲，因此不免有些急于求成。

一天，王献之趁父亲称赞他书法不错的机会问道："父亲，有没有什么诀窍，能让孩儿迅速提高书法水平呢？"

王羲之听了，微微一笑，把王献之领到后院，指着院子中间立着的十八口大水缸，意味深长地说："诀窍都在这十八口大水缸里。从明天起，你就用这缸里的水磨墨，直到十八口缸里的水都用完了，你就掌握了练好书法的诀窍。"

过了一段时间，还没等十八口缸里的水用完，王献之就觉得自己的书法已经取得了很大的进步，于是得意扬扬地写下了一个"大"字给父亲看。王羲之看了以后，什么话也没说，只是在原来的"大"字上点了一笔，变成了一个"太"字。

这时候，王献之的母亲走了过来，她也擅长书法，看到这幅字，不由得感慨道："儿子呀，你的字终于有一点儿像你的父亲了。"

王献之听了,羞得满脸通红。他这才明白了父亲当初话里的深刻含义,于是打消了寻找诀窍的念头,也不再想要博取什么名望,而是心无旁骛地刻苦练习起来,终于练得了一手好字,获得了与父亲齐名的美誉。

王羲之洗笔洗出"墨池"、用书法换白鹅,王献之用十八口大缸的水磨墨,都说明了只有勤奋努力才能取得成就。王羲之不仅为子孙留下了家传书法的底蕴,还留下了踏踏实实、廉洁为民的好家风,这才是最珍贵的财富。

博物馆里的珍贵记忆

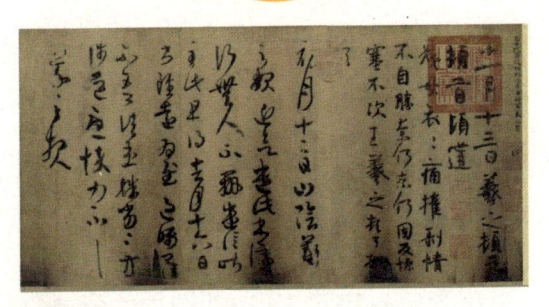

《摹王羲之一门书翰》卷中的《初月帖》(左)和《姨母帖》(右)

这幅图片是现藏于辽宁省博物馆的《摹王羲之一门书翰》卷中的两帖，是后人临摹的东晋大书法家王羲之的作品。《摹王羲之一门书翰》卷又称《万岁通天帖》，万岁通天是武则天称帝后的年号。万岁通天二年（697），王羲之的后人向武则天进献了王家历代28人撰写的十卷书法作品，武则天非常喜爱，就让人临摹了下来。这些作品传到宋代时只剩王羲之等七人的十帖了，被称为《万岁通天帖》。

《姨母帖》中文字的意思是，王羲之突然得到姨母去世的噩耗，心情十分悲痛，以至于语无伦次，连正常的事务都不能处理了，可见王羲之和这位姨母感情十分深厚。有人说这位姨母就是教王羲之书法的卫夫人。帖中"顷遘(gòu)姨母哀"一句话，"姨母"二字另起一列，表示尊重之意。

王羲之故居

　　这座幽雅的古典园林式建筑位于山东省临沂市,也就是古时候的琅琊郡。在临沂市翰墨飘香的洗砚池街上,你能很方便地找到这座建筑,大门上面有五个金灿灿的大字"王羲之故居"。这里青墙环绕,绿树成荫,还有各种亭台楼

阁、长廊花园,内有洗砚池、鹅池碑、集柳碑、晒书台、右军祠、左公祠、四宝台、五贤祠、普照寺、琅琊书院等建筑。

相传两晋之交,王氏家族举家南迁,原来的宅院变成了寺庙,就是如今的普照寺。"普照夕阳"的景观还曾作为古代"琅琊八景"之一而闻名。后来,这里又经过历代不断翻修和重建才形成了现在王羲之故居景区的格局。行走在这片绿意盎然的园林间,在缅怀先贤的同时,你还能感受到中华文化的深厚底蕴。

鹅池碑

台北故宫博物院

我们绝大多数人了解王羲之,都是从他创作的著名的"天下第一行书"《兰亭集序》开始的,那你知道他仅

《快雪时晴帖》
（局部）

次于《兰亭集序》的另一幅行书代表作《快雪时晴帖》吗？如果有机会去台北故宫博物院，你一定要看看这件镇院之宝。

《快雪时晴帖》是王羲之在大雪过后天气转晴时，挥毫写下的向友人表达问候的信札。此帖的书风既典雅细腻又严谨劲挺，从潇洒闲逸的字迹中，我们仿佛可以看到王羲之愉悦畅快的心情和天然率真的个性。

到了清代，乾隆皇帝得到了这幅书帖，极为珍爱，在帖前留字评价它为"天下无双，古今鲜对"，还把这幅书帖与王

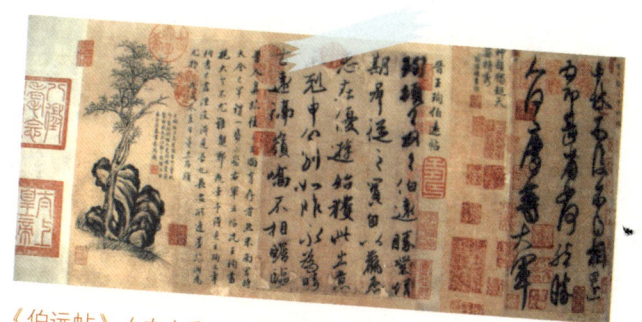

《伯远帖》（左）和《中秋帖》（右）（局部）

献之的《中秋帖》、王珣的《伯远帖》两件稀世之宝合称为"三希",把它们一起收藏在紫禁城养心殿西暖阁的书房内,并亲自书写了匾额"三希堂"。

2

范仲淹：
穷且益坚　胸怀天下

范仲淹是北宋著名的政治家和文学家,他写的《岳阳楼记》备受历代文人赞誉,其中的名句"先天下之忧而忧,后天下之乐而乐"更是脍炙人口,展现了他为天下人谋福祉的广阔胸怀。不少人就算不知道范仲淹,也一定都听过这句话。范仲淹之所以一生为国为民,想让天下人都过上好日子,与他出身贫寒,少年时代经历了太多的苦难和艰辛不无关系。

划粥断齑　山寺苦读

范仲淹两岁的时候，父亲因病去世，母亲谢氏贫困无依，只好带着他改嫁。继父家中的生活虽然也很清苦，但是继父对范仲淹的抚养教育却并没有放松，对他和对待亲生孩子没有什么区别。母亲谢氏饱尝生活的辛酸，也对儿子寄予了很大的期望。她以孟母三迁中的孟母自勉，经常给范仲淹讲古人发愤读书成才的故事，家里买不起笔墨，她就教范仲淹用树枝在地上写字。

有一天，范仲淹砍柴回家，看到一群小朋友高高兴兴地从学堂放学出来，非常羡慕。他知道自己家境贫寒，就问母亲哪里有不用花钱的学堂。母亲告诉范仲淹，家附近醴泉寺里的住持很有学问，范仲淹可以到醴泉寺去帮寺院做事，还能请住持教导他读书。范仲淹非常高兴，就告别家人来到醴泉寺，除了定期回家看望母亲和继父，其余时间他都在寺院里吃住，一边帮寺院做事一边专心读书。

每次范仲淹离家去寺院之前,母亲总嘱咐他多带些米粮,她担心儿子吃不饱、长不壮。可每次范仲淹都不多带,他向母亲保证:"我心里有数,吃的不会少。"可是,范仲淹读书常常达到忘我的境界,总是错过吃饭的时间。帮忙做饭的僧人看到他为了学业如此废寝忘食,非常钦佩,经常主动给他送饭。

因为自己老是错过吃饭的时间,日子一长,范仲淹就不想给僧人添麻烦了。他自己准备了锅和灶,每天晚上放上定量的米和水,点燃柴火煮粥。他一边读书一边续柴,等米粥煮好了,他便和衣休息。第二天清晨,锅里的米粥凉透了,凝结成一整块,范仲淹就拿出小刀,在粥块上面划一个十字,把一锅粥分成四块,然后在寺庙周围采摘一些野菜,再把姜、蒜等切碎,加入醋和盐拌匀了,做成开胃菜。就着这些开胃菜,范仲淹早晨吃两个粥块,傍晚再吃两个。成语"划粥断齑"就是从此而来。

有一次,范仲淹正在吃粥块,一位好友来访,发现他的伙食太差了,就想资助他些钱,让他改善生活,但范仲淹坚决不收。第二天,好友直接送来了鸡鸭鱼肉,范仲淹盛情难却,只好收下。又过了几天,好友再次来访,竟看到那些食物一动未动,全都发霉了,就埋怨范仲淹:"你既不收钱,也不吃我送的食物,谁都没你这么清高!"范仲淹苦笑着解释道:"你误会了。我并不是清高,而是我怕吃了这些美味,就再也吃不惯以前的粗茶淡饭了。"后来,范仲淹的好友回家对自己的父亲说起了这件事,他的父亲赞不绝口:"这个孩子有志气,将来一定大有作为!"

范仲淹在醴泉寺的三年里,总是用最简单的饭菜充饥,把艰苦的生活当作对自己的磨炼,心无旁骛地读书学习。正是这三年苦行僧似的读书生活,为范仲淹后来从政和做学问打下了坚实的基础。

宅心仁厚　铁面柔情

有一年,南方暴发洪水,百姓流离失所。范仲淹奉旨前

去赈灾。到达灾区之后,范仲淹看到洪水肆虐,老百姓都吃不上饭,他心急如焚,马上派人调粮救济。

然而粮食刚刚运到,下属就回报被偷了两担。范仲淹大怒,下令彻查,盗贼很快就被抓住带到公堂上审问。这时,一位衣衫褴褛的老妇人来到堂前,"扑通"一声跪在地上,哭着说道:"我儿子偷粮食被抓,是他罪有应得,我愿替儿子坐牢,求大人放他出去吧!"老妇人哭得悲痛,范仲淹的眼睛也湿润了。他想了想便对堂下的盗贼说:"偷粮有罪,本来应该判你坐牢,但是念在你还有老母亲需要照顾,这次就从轻处罚,下次不可再犯了。"说完命人打了盗贼几棍,就放母子回家了。

又过了几年,范仲淹担任了参知政事(相当于副宰相),负责官员的考核。他行事铁面无私,只要发现有渎职或腐败的官员,都是严厉惩办,不徇私情。有一次,他严惩了一名不称职的官员。官员的家人知道后,一起来到公堂上哭闹不止。但任凭他们如何哭喊,范仲淹依然不为所动,最终将那人罢官。

枢密使(国家的最高军事主官)富弼在旁边看到范仲淹

的处置,忍不住说:"听说您多年前在赈灾时,曾经因为盗贼的母亲痛哭求情,就流着泪从轻发落了她的儿子。为什么这个官员一家人来呼天抢地,您却铁石心肠,没有从轻处分呢?"

范仲淹正色回答道:"赈灾时,那母子二人乃是生活困苦的灾民,儿子偷粮食是因为他不能眼睁睁地看着老母亲饿死,老母亲哭是为了救儿子。这种生死与共的亲情弥足珍贵。如果我判儿子入狱,老母亲孤苦无依,说不定就会发生惨剧,所以我才会轻判。但是这次不一样。这个官员在其位不谋其政,一点儿都不称职,我如果讲私情不罢免他,他们一家人不哭了,但这个官员管辖的那些百姓可就要哭了。"

富弼听了范仲淹的话,对他肃然起敬:范仲淹既铁面无私、公正严明,又宅心仁厚、有情有义,难怪深受百姓爱戴。

窖金捐寺　轻财重义

据说在醴泉寺的时候,有一天,范仲淹正在读书,两只老鼠跳进他煮粥的锅里吱吱乱叫,他赶紧把老鼠赶了出去。也许是因为读书有点儿累想换换脑筋,范仲淹就追着老鼠来到了野外,老鼠钻进了一棵荆树下的洞中。范仲淹好奇地朝洞中看,只见一侧闪着黄光,另一侧则闪着白光。他取来铁锹挖开一看——呀,洞内竟有一堆黄金和一堆白银。

范仲淹迅速把鼠洞恢复了原状,回到寺里,他也没有向任何人提起这件事情。

多年以后,醴泉寺遭受了一场火灾,那时的范仲淹已经成为朝廷重臣。住持大师想起范仲淹曾在醴泉寺苦读三年,便派一名弟子找到他,期待他能伸出援手。范仲淹热情款待了这名弟子,然后给住持大师写了一封信让弟子带回,却只字不提重建寺庙的事情。弟子返回后,僧人们听说了范仲淹的态度,都非常失望。

后来，住持大师打开范仲淹的信，只见信中写道："荆东一池金，荆西一池银，一半修寺院，一半济僧人。"大师按照信中的提示，挖开荆树下的洞，果然发现了许多黄金和白银，用来重建醴泉寺足够了。这时，大家才明白之前误解了范仲淹，都称赞他许多年前就已经发现了这些金银，却恪守道德规范而不贪慕钱财，颇有古代圣贤之风。

先人后己　重教兴学

范仲淹的祖籍是苏州，所以他对苏州有着特殊的感情。后来他调任苏州知州，在城内看中一块地，准备买下来建房定居。那时候人们建房子之前都要请风水先生看看主人是否适合在这里居住。风水先生看过这块地之后啧啧称赞："恭喜知州，这块地太好了，住在这里，您以后必定子孙满堂、飞黄腾达。"

范仲淹听了风水先生的话,却陷入了深思,他想:这块地很不错,如果我住在这里,我的子孙后代就会发达,但要是把这块地变成学堂,那将来成才的就是许许多多家庭的子弟了。他的思绪一下子回到了小时候,想起了自己砍柴回家羡慕邻居孩子到学堂读书的场景。他下定决心一定要让更多人家的子弟,特别是像自己一样贫寒家庭出身的孩子进学堂念书。

于是,范仲淹便把这块地捐出来兴建了苏州州学,这也是北宋规模最大的地方官办学校。这所州学和苏州文庙合一,经过明清两代发展成为规模庞大的苏州府学,具有广泛的社会影响力,在中国教育史上也有着重要地位。今天的苏州中学就坐落在苏州府学的原址上。

范仲淹把位置上佳的自家宅址用来建州学,真切地贴合了他那句流传千古的名言"先天下之忧而忧,后天下之乐而乐"。他是这样写的,更是这样做的,他的言行充分体现了中国古代圣贤知行合一的高贵品质,至今仍然激励着一代又一代中国人为国家富强而努力奋斗。

博物馆里的珍贵记忆

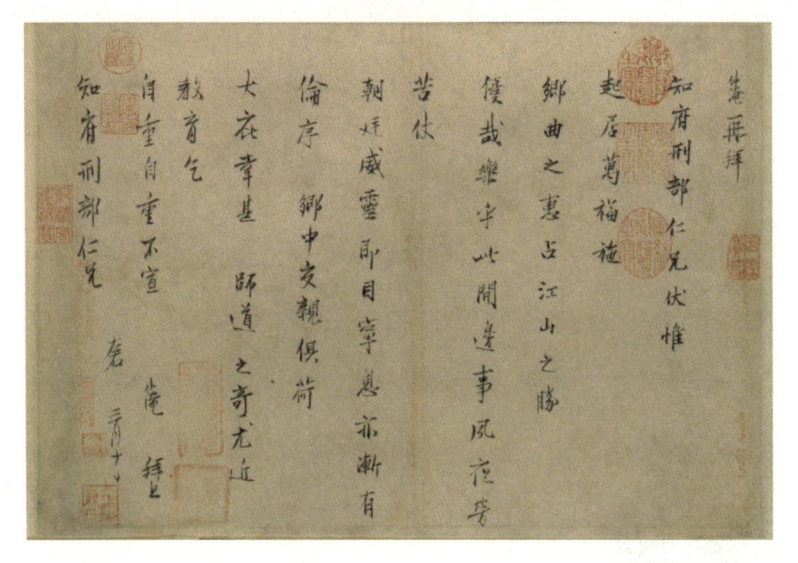

范仲淹行书《二札帖》之《边事帖》

　　这幅书法作品是范仲淹行书《二札帖》中的《边事帖》，藏于故宫博物院，出自北宋政治家、文学家范仲淹之手，约写于宋仁宗庆历初年。范仲淹是苏州人，当时他正率部戍边，抗击西夏。他虽然身在边陲，却心念故土，专门给当时的苏州知州富严写信，感谢富严对他家乡亲人的照顾。帖中的书法瘦硬方正,清劲中自有法度,正如范仲淹的为人,庄严清澈。

范仲淹纪念馆

让我们跟着范仲淹一生的足迹走一走,第一站到他的出生地苏州来看看。苏州的天平山又叫范坟山,因为后山有范氏祖坟的遗迹,这里也是范仲淹

居住过的地方。在天平山有一个范仲淹纪念馆,是江苏省的爱国主义教育基地,1995年开馆,面积约600平方米,是宋代建筑风格,由三厅一廊一房组成,里面陈列了许多与范仲淹有关的壁画、古籍善本、漆雕、书法和图片等。

故宫博物院的范仲淹手书

第二站,我们来到故宫博物院,欣赏一幅范仲淹30岁左右时写给朋友的书法作品。这幅名为《道服赞》的楷书作品,内容是范仲淹称赞朋友洁身自好,同时也表达了自己的

范仲淹楷书
《道服赞》卷
(局部)

高洁志向。历史上著名的书法"宋四家"之一的黄庭坚曾对范仲淹的书法有很高的评价："范文正公书，落笔痛快沉着，极近晋、宋人书。"范仲淹的许多书法作品真迹已经失传，这幅楷书《道服赞》连同前文提及的范仲淹行书《二札帖》，具有极高的艺术价值，被誉为故宫的镇院之宝。

花洲书院

第三站，我们来到范仲淹做过知州的河南省邓州市。北宋庆历五年（1045），范仲淹来到邓州，做的第一件事就是在百花洲畔创建花洲书院，并经常到书院讲学。第二年，他在花洲书院写下了千古名篇《岳阳楼记》。北宋绍圣二年（1095），范仲淹的四子范纯粹也当了邓州知州，重新整修了花洲书院。从那以后，花洲书院秉承范仲淹"先天下之忧而忧，后天下之乐而乐"的忧乐精神，不断整修，精心办学。现在，花洲书院已经是国家AAAA级景区、全国重点文物保护单位，面积有84000余平方米，院内的清代建筑春风堂、万卷阁、范文正公祠和景范亭等保存完好，风景也非常秀丽。

范家大院

最后一站,我们到四川省德阳市来看看范仲淹的后人是怎样恪守祖训的。清代初期,范仲淹20世孙范养源带领家人迁入四川,历经数百年修成范家大院。范家大院占地约7000平方米,建筑面积约3500平方米,共有十个院落、十个天井,是德阳市罗江区保存最完整的清代民居。范仲淹的后代一直谨遵祖训,将范仲淹"先忧后乐"的家国情怀和

"不以物喜,不以己悲"的节操修养融入族人的行为规范中,教育子孙行善布施、讲究礼义廉耻。近百年来,在"范氏家规"的不断熏陶下,范家大院先后涌现出范氏两姐妹抗日救国、范英士迁坟回乡的感人事迹。2016年,中共德阳市纪委和中共罗江县纪委曾专门拍摄了反映范氏家风的纪录片《四川罗江范家大院:廉俭绍家风》。

3

苏轼:
博学多才　超凡脱俗

在我国古代文学史上,唐宋八大家是一座绕不过去的高峰。而在这八大名家中,北宋著名的文学家、书法家和画家苏轼及其父苏洵、其弟苏辙就占了三个席位,史称"三苏"。在北宋书法的"宋四家"中,苏轼也位居其一。苏轼家族一门三杰,其文章和为人都被后世所称颂,甚至出现了专门研究苏轼的"苏学"。这一切与苏家好学、仁爱、清廉的高雅家风密不可分。

虚心向学　读书正业

苏轼,字子瞻,号东坡居士,因此也被称为苏东坡。在苏轼出生时,他的父亲苏洵还没有考中进士,长年在四川眉山的家中苦读研学,准备参加科考。

正是耳濡目染了父亲的勤奋,并且受到父亲的言传身教,苏轼从小就喜好读书,再加上他聪明过人,学业自然进步飞速,到十岁的时候,苏轼已经能写作文章了。他常常即兴作诗、出口成章。屡屡参加进士科考却总是不顺利的苏洵看到苏轼如此聪颖,既感到惊讶,更感到欣慰,对苏轼的教导就更加严格了,期待他长大后能功成名就。

关于少年苏轼的聪明不凡,有很多故事和传说,其中一个是这样的:

苏轼的名气很快就在当地传开了,人们对小苏轼的表现非常惊奇,都说苏家出了个"神童",连许多年长的读书人都慕名来向小苏轼请教。

来请教的人越来越多,人们的夸赞不绝于耳。时间一长,苏轼渐渐骄傲起来,他想:父亲和自己书房中的书我都读遍了,我想在家里再找出一本没读过的书都难,历史上前人的大作,无论是先秦诸子,还是汉赋唐诗,我都已经烂熟于心、样样精通,古人所谓的"学富五车"也不过如此吧!

想到这里,一股豪气涌上苏轼的心头,他大笔一挥,写下一副对联挂在自己的书房里——识遍天下字,读尽人间书。

父亲看到这副对联,心想:这孩子也太骄傲了,一定要找个机会好好教育教育他,让他知道学无止境的道理!正当他想找苏轼谈一谈的时候,家里突然来了一位白发苍苍的老人向苏轼求教。

苏轼和老人坐下简单寒暄后就聊到了学问。老人从怀里掏出一本书说:"我问了好多读书人,都说不认识书上的字。听说你博学多识,是个神童,想必这些字你肯定认识。我走了很远的路专门来找你,希望你能帮帮我。"

苏轼像往常一样,自信地接过老人手里的书,心想:这世界上怎么会有我不认识的字呢?没想到,他翻了几页,心却越来越慌,原来这本书他真的没看过,而且书中有很多字他也从来没见过。这下,苏轼刚才的自信一扫而光,脸上火辣辣的。他只好捧着书惭愧地还给老人,如实承认他只能认识书中的一部分字。老人听见他这样说,道谢之后,失望地告辞了。

苏轼目送老人远去,老人失望的眼神深深地烙在他心里,让他难受不已。父亲站在苏轼的身后,看到他的样子,轻声叹了口气,拍拍他的肩膀道:"学海无涯呀!"听了父亲的话,苏轼好像大梦初醒一般,猛然意识到自己之前的骄傲自满是多么无知和可笑,自己要学习的知识还有很多很多。想到这些,苏轼连忙向父亲行了个礼,往书房而去。

刚一回到书房,苏轼抬头就看到了之前写的对联,心中羞愧难当,便想一把扯下来。抬起手,他好像又想起了什么,转身拿来笔墨,在上下联前面各加了两个字,成了一副新的对联——发愤识遍天下字,立志读尽人间书。

父亲在窗户外看到这一切,微笑着点了点头,心里终于踏实了。果然,从那以后,苏轼再也不陶醉于什么"神童"的虚名了,而是潜心攻读、虚心求教,学问日益精进,终于在21岁那年考中了进士。

勤政爱民　不计得失

苏轼考取进士之后开始做官,只是他为人正直,经常直抒己见,因此在官场并没有那么顺利,多次遭受贬谪。不过,无论如何在宦海里沉浮,苏轼都始终牢记祖辈的教导,恪守自己做官的原则,勤政爱民,兢兢业业。

"欲把西湖比西子,淡妆浓抹总相宜。"这是苏轼描写杭州西湖美景的名句,千百年来广为传诵。但是,在苏轼再次被排挤出京,到杭州任知州的时候,西湖却是另外的景象——淤泥堆积、水草丛生、盘根错节,整个西湖就像一片沼泽地。当地百姓无不忧心感叹:若是再不好好治理,也许20年后就没有西湖了。

百姓的呼声和西湖的现状,让苏轼看在眼里、痛在心上,他说:"杭州没有了西湖,就好比人少了眉毛和眼睛,还能叫人吗？"于是，他一边应对杭州当时的旱灾和疫情，一边多次向朝廷上书，请求治理西湖。

经过多次请求，朝廷终于同意治理西湖了。只是朝廷给的经费实在太少，要想真正治理好西湖，苏轼必须自己想办法。他很快就想到了以工代赈的方式，召集百姓一起开展治湖工程。这样既能让老百姓通过做工吃上饭，又能够顺利疏浚西湖，一举两得。治理西湖是造福杭州、造福百姓的大好事，老百姓踊跃报名，纷纷出人出力，有20多万人参加了这项工程，终于将西湖疏浚一新。

在西湖清淤的过程中，老百姓挖出了大量杂草和淤泥，如何处理这些草和泥成了一个难题。要是运走处理，费时费力，苏轼干脆决定就地废物利用。他让老百姓用杂草和淤泥筑成一道长达六里的堤坝，不仅免去了老百姓的搬运之苦，还便利了老百姓的日常通行，为人们游览西湖增添了一道新的景点。杭州老百姓感念苏轼的功绩，就称苏轼带头修建的这道大堤为"苏堤"。

传说，利用淤泥修建堤坝时，必须掺和硬土，西湖边上高丽寺旁的赤山硬土最好不过。但高丽寺的僧人认为挖土会给寺庙招致祸患，坚决不同意。苏轼闻讯后来到高丽寺，义正词严地说："挖土是我下令的，如果有什么灾祸由我一个人承担，我愿雕刻自身石像，为高丽寺护法。"这也就是现在西湖边的这尊"护法"石像的来历。

国内鲜见的古代苏轼石雕像，位于杭州市花家山庄东坡亭

乐善好施　焚契退房

苏轼的"轼"字本义是车前用作扶手的横木。父亲给他起这个名字,是希望他做人要踏踏实实,关键时刻能够扶危救困。就像车上的轼一样,到用的时候才发现它不可或缺。苏轼在自己的一生中始终牢记父亲的殷切期望,真正做到了"人如其名"。

苏轼一生为官清正廉洁,他晚年从儋州北归来到常州,攒了很久的钱才买了一套房子。他正准备择日搬入时,在路上见到了一位哭得非常伤心的老妇人。苏轼走上前询问,老妇人哽咽地向他诉说,原来她有一处祖上传下来的房子,前不久被不成器的子孙偷偷卖掉,她刚刚得知这个消息,心中很难接受,所以哭得撕心裂肺。

苏轼本来就是乐善好施之人,了解了老妇人痛哭的原因后,不由得替她难过。再细问才知道,原来自己买的房子,正是老妇人被偷偷卖掉的祖传老屋。他非常同情老妇人的遭遇，觉得自己暂时还可以租房，不能让老人家失去从祖辈流传下来的房子，便对老妇人说："你不用难过，你家的房子很快就会回来了。"老妇人不明所以，一时怔住了。苏轼笑着说道："你家的房子被我买了，我现在烧掉房契，这笔交易作废，房子不就能还给你了吗？"老妇人转悲为喜，连忙行礼作揖，说苏轼真是菩萨心肠的大好人。

苏轼当即带着老妇人回到自己家中，当面烧了房契。老妇人祖传的房子终于完璧归赵，她回家就赶紧让孩子把钱退还给了苏轼。

铭砚教子　修身养德

历史上各种形式的家教、家训数不胜数，主旨都是希望子女向善、向上。苏轼自然也十分重视对孩子们的培养教育，既悉心指导他们读书，注重提升学业，又注重品德教育。

苏轼的长子苏迈中了进士之后,被朝廷任命为饶州德兴县尉。苏迈赴任之前,苏轼将一方石砚赠送给他,并用遒劲的楷书在砚台上刻了一首诗:

> 以此进道常若渴,
>
> 以此求进常若惊。
>
> 以此治财常思予,
>
> 以此书狱常思生。

儒家文化以达到圣贤之道为奋斗目标,苏轼的这首诗,就是期望苏迈能够不忘初心、清正廉洁、善始善终,做一个利国利民的好官。

苏轼在砚台上刻这首诗,可谓用心良苦。因为苏迈只要动笔写字,就需要用到砚台,看到诗就会记起父亲的勉励与期许。苏迈没有让他的父亲失望,他一心为公,两袖清风,政绩卓著,受到德兴老百姓的衷心拥戴,当地人还自发地建造了景苏堂纪念他。苏轼不无自豪地对友人说:"苏迈为官做事,很有我的风格气度。"

后来,苏轼被贬谪到海南之后,苏迈便辞去官职,担负起照顾一家老小生活的重担。看着儿子渐渐多起来的白发,苏轼的爱怜之心愈加强烈,他便写文章教导苏迈,嘱咐他虽然不再为官,但是良好品格的培养不能放松,只有以淡泊之心对待世上纷争之事,才能达到静以修身的境界。

苏轼教育次子苏迨和三子苏过,也和苏迈一样严格。虽然从世俗的角度看,苏轼三个儿子的人生也许显得有些平淡,他们既没有担任比肩父辈的官职,也没有可以和父辈媲美的文学艺术成就,但是,他们都具有良好的品德修养,安详恬淡地度过了自己的一生。也许这就是苏轼对儿子们的期许。

博物馆里的珍贵记忆

下面这幅书法作品是北宋时期著名的文学家、书法家和画家苏轼写给范仲淹的四子范纯粹的信札原件,收藏于故宫博物院。信中表现了苏轼、苏辙兄弟与范纯粹及其二哥范纯仁等人之间的深情厚谊。苏轼成长的家庭具有秉公任直、孝慈仁爱的家风，与范仲淹家族清正廉洁、克己奉公的家风互相影响，为后世留下一段佳话。

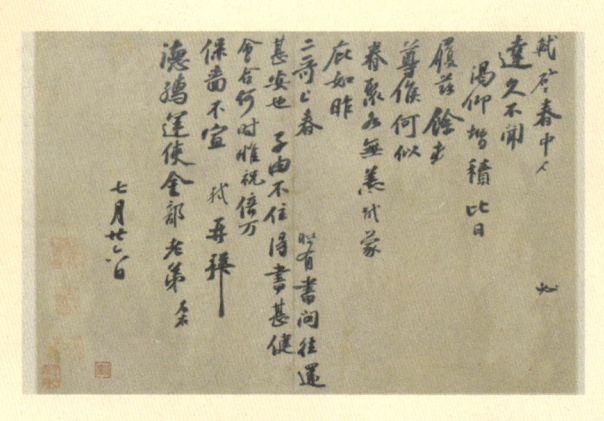

苏轼行书《春中帖》页

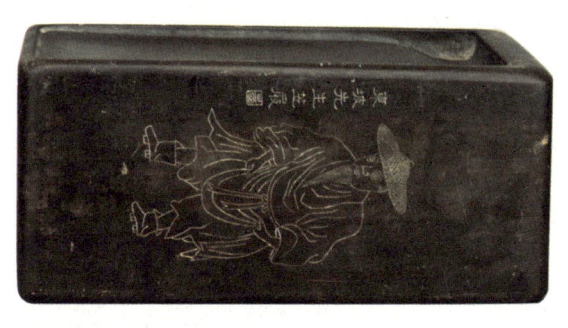

明代·长方形抄手式端砚（东坡砚）

上页图是收藏于三苏祠博物馆的一块明代端砚,根据砚上的铭文可知,画面为《东坡先生笠屐图》,描绘的是苏轼晚年被贬谪到海南儋州时的情景。苏轼在荒凉的儋州并不消沉,他心态旷达,生活艰辛却乐在其中。在儋州期间他还积极开办学堂,倡导学风,培养出很多人才,打破了北宋立国后海南无人中举的纪录。苏轼在逆境中积极进取,具有非凡的人格魅力,为后人树立了榜样。

三苏祠博物馆

为了更加了解苏轼,我们一起来逛逛三苏祠博物馆吧!三苏祠位于四川省眉山市,这里原来是苏洵、苏轼、苏辙父子的故居,到了元代

的时候改成了祭祀"三苏"的祠堂。经过几百年的整修，现在三苏祠已经成了一座风景秀丽的古典园林。这里珍藏和陈列着数千件有关"三苏"的文物，前来参观和祭拜圣贤的人络绎不绝。我们熟知的那句"一门父子三词客，千古文章四大家"，就是三苏祠二进门上的楹联。

杭州苏东坡纪念馆

你知道吗，杭州可以说是苏轼的第二故乡。他一生两次在杭州为官，在这里兴修水利，疏浚西湖，修筑苏堤，造福

百姓,深受杭州百姓的爱戴。不仅如此,苏轼还为杭州写下了许多绝美诗词,最著名的就是"欲把西湖比西子,淡妆浓抹总相宜"。我们走进的杭州苏东坡纪念馆,位于西湖苏堤南端的映波桥旁,占地面积约4200平方米,建筑面积约550平方米,展出了苏东坡的许多诗文著作、书画手迹复制品等。在湖光山色的映衬下,杭州苏东坡纪念馆也成了西湖边的美景之一。

东坡纪念馆

提起苏堤，人们通常想起的就是杭州西湖苏堤。其实，在广东省惠州市也有一个西湖。巧合的是，苏轼也曾经被贬到惠州为官。苏轼到惠州后，发现惠州百姓要涉水过湖，很不方便，就把皇帝赏赐给他的黄金捐出来疏浚西湖，并修了一道长堤。长堤竣工的

时候,老百姓纷纷摆酒庆贺,后来为纪念苏轼,就把这道长堤命名为"苏堤"。后人有诗称赞苏轼说:"一自坡公谪南海,天下不敢小惠州。"

  东坡纪念馆坐落在惠州市西湖风景名胜区,陈列有反映苏东坡生平的图、文、石碑等实物,包括大量苏东坡在惠州期间的诗文、书法作品及有关书籍资料等。来到这里仔细参观感悟,想必苏轼在大家心中的形象会更加立体丰满。

4

文天祥：
赤胆忠心　舍生取义

扫码听书
"声"临其境

"人生自古谁无死,留取丹心照汗青。"

这两句慷慨悲壮、意气激昂的诗,选自南宋末年著名的政治家、文学家和民族英雄文天祥的《过零丁洋》,表现了他面对强权的不屈斗志,成为深刻在中国人历史记忆中的名句。

作为南宋末年的右丞相,文天祥面对元军的入侵,率领军队顽强抵抗,因寡不敌众被俘,他毅然写下了《过零丁洋》的诗作表明自己的心迹。被押解到元大都后,他更是始终坚持自己的立场,拒绝元人的威逼利诱,最终英勇就义,名垂青史。

做像竹子一样的人

文天祥的家族有着深厚的文脉传承。早在西汉时,文家的先祖文翁就在成都创办了文翁石室(今天成都石室中学的前身),成为中国第一所地方官办学校。此后,文家文人辈出,历经上千年家学熏陶,到文天祥出生时,文氏家族已经形成了忠义、好学、正直的浓郁家风。

文天祥的父亲文仪一生没有踏上仕途,但他学识渊博,具有坚定的"修身、齐家、治国、平天下"的儒家理想。文天祥的母亲曾氏也出身书香门第,她纯真善良、勤俭质朴。因此,文天祥从小就受到了良好的教育。父亲负责教文天祥读书学习,给他讲做人的道理,母亲则常给他讲故乡先贤的故事,勉励他向先贤学习。

有一天,文天祥正跟着父亲在书房读书,忽然听到窗外传来风吹竹叶的"沙沙"声。原来,父亲特别喜欢竹子,在院里种了几百棵翠竹,还将书房命名为"竹居"。文天祥不禁问道:"父亲,为何您这么喜欢竹子呢?"

父亲拉着他的小手走到窗前,指着窗外节节挺立的绿竹,语重心长地说:

"我喜欢竹子,是因为它坚韧不拔、硬朗有节,一生都在启迪着我们如何做人。你看,竹笋还很嫩的时候就有竹节了,做人是不是更要从小就有节操?竹子即使长得再高再大,内里依然是空心的,不正像那些君子名士,功成名就之后仍然保持着谦虚吗?扯一下竹子,它马上就会从弯曲变回直立,要是你力气再大点,它就干脆断掉。历史上那些有气节的人,也是这样宁折不弯,从不卑躬屈膝。你再看竹叶,即使冬天被大雪覆盖,它们也依然翠绿,做人是不是同样应该面对挫折,不忘初心呢?"

文天祥听得入神,心里也萌发了对竹子的喜爱之情。从此以后,他就把竹子当作自己的榜样,时刻拿竹子来勉励自己,学习也更加刻苦认真了。

后来,父亲带着文天祥来到自己任教的侯城书院。文天祥看到墙上挂着四幅人物画像,有些好奇:"父亲,这些人是谁呀?"

"这四位是咱们庐陵(今江西省吉安市)附近的先贤,因为他们的谥号里都有一个'忠'字,所以被称为'庐陵四忠'。"父亲回答,"你看,这位是欧阳修。"

"我读过欧阳先生的文章!"文天祥高兴地说,"他的《醉翁亭记》写得太好了!"

"这位是杨邦乂。"父亲又指向另一幅画像,神色严肃,"他是我们大宋的抗金名臣,被金兵俘虏后,宁死不降,金人怒不可遏,将他杀害,还残忍地挖出了他的心……"

"真是太悲惨了!"文天祥的眼中闪着泪花,拳头却攥得更紧了。

"那边的两幅画像,分别是周必大和胡铨。他们俩志同道合,都非常爱国,而且刚正不阿,体恤百姓,受到了百姓的爱戴。"父亲一边介绍,还一边讲述这几位先贤的事迹,言语中充满了敬佩之情。

父亲所说的每一个字都深深地震撼着文天祥。这些先贤的形象在他心中留下了深刻的烙印,他暗暗发誓,自己也要好好学习,长大后报效国家,成为像这些前辈一样伟大的人。

为了提醒自己时刻牢记誓言,文天祥还找来五棵柏树苗,种在书院前面。其中的四棵柏树象征"庐陵四忠",最后一棵则代表文天祥自己。后来,文天祥果然没有违背自己的誓言,成了宋代的庐陵第五"忠"。

国难当头　救国要紧

品德和才学缺一不可。在这样的家教下,文天祥不但熟读了经史子集,而且胸怀家国天下,忧国忧民。面对蒙古的军事威胁,他在读书之余,思考最多的问题就是如何保家卫国。

20岁那年,才华横溢的文天祥一举考取进士,进入皇城的集英殿接受皇帝的策问。当时,国家局势危如累卵,文天祥有感而发,一万多字的富国强兵之策一气呵成,让考官大为惊叹,称赞这是忠肝义胆之作。皇帝看后也非常振奋,就把文天祥选为进士第一名,也就是状元。

不幸的是,文天祥考中状元不久,他的父亲就去世了。按照宋代的规定,文天祥要在家守孝三年。这时候,蒙古大汗蒙哥率军南下侵略南宋,国家形势十分危急!失去亲人的悲痛,加上不能马上履职报国的焦虑,让文天祥非常伤心失落。

善解人意的母亲劝导他说:"你中了状元,你父亲的在天之灵一定很欣慰。现在趁着守孝的日子,你应该多读圣贤书,多思考保国安民的方法,这样以后才能为国为民多做些事情呀!"

母亲的话让文天祥豁然开朗,他很快振作起来,投入到读书、锻炼之中。

在这样的激励下,文天祥守孝结束后经历了中央和地方的多个职位历练,都能做到为国为民、忠诚报国。他38岁那年,又回到了家乡江西,出任赣州知州。

这一年,南宋遭遇了元丞相伯颜率领大军入侵,转眼间就是生灵涂炭。到了第二年,元军已经威胁到南宋都城临安的安全了。

身在赣州的文天祥心急如焚,决定组织义军抵抗入侵者。组建义军需要大量钱财,他从州里的库存中挤出了一些钱,又动员当地富豪们捐了一些,但还是杯水车薪。

为此,他每天都是愁眉不展,闷闷不乐的。母亲看见了,反复追问,他才说出原因。

母亲想了一下,回到屋里拿出一个盒子默默交给了文天祥。

"母亲,这是什么?"文天祥纳闷儿道。

"都是我这些年攒下的钱,有些是我年轻时的嫁妆,有些是你父亲留下的金银首饰,还有一些是你们兄弟姐妹平时孝敬我的钱。虽然不多,但就算能让你多招上几个兵,也是值得的。"母亲神色诚恳。

文天祥听了,连忙摆手道:"不行不行,组织义军是国家的事,怎么能用您私人的物品呢?"

母亲有些生气地说道:"傻孩子,国家国家,没有国哪有家?现在国难当头,救国要紧!"

文天祥被母亲的深明大义感动了,只好含着热泪收下了这些钱财和首饰。后来,母亲又把老家的房屋和田地卖了,所得钱款也都交给文天祥去招兵买马。

母子俩舍家救国的事迹迅速传开,许多人纷纷效仿,出资捐物支持义军。不久,文天祥就组织起了一支三万多人的救国义军,浩浩荡荡地奔赴抗元战场。

天地有正气

1276年正月,伯颜的大军已经到了临安城外30里的地方,伯颜逼迫南宋朝廷投降,并说只有南宋的丞相才有资格和他谈判。

丞相陈宜中听到这个消息,吓得连夜逃跑了,南宋朝廷一片混乱。

关键时刻,正在担任临安知府的文天祥挺身而出,自愿冒险去与元军交涉。朝廷赶紧任命文天祥为右丞相,派他和伯颜谈判。

一见到伯颜,文天祥便义正词严地请元军后撤一百里,以表示谈判的诚意。伯颜见文天祥胆色过人,大为惊奇,忍不住对他进行各种说辞的逼降,然而文天祥始终不为所动。

这时的南宋朝廷却首先受不了伯颜的威胁,不顾文天祥还在艰苦谈判,竟然派人向元军求降。这下子,文天祥的努力全都付诸东流,但他依然没有放弃,趁乱从元军军营逃脱,一路往南,开始在福建、广东等地组织军队与元军作战。

经过三年艰苦的交战,终因双方力量对比悬殊,文天祥作战失败,不幸被俘,被押往大都(今北京)。

到了大都的会同馆,元朝廷每天轮番派人劝降,都被文天祥骂得狗血淋头,无奈之下,劝降的人只好把他移送到了兵马司衙门。

在幽暗污秽的牢房里,文天祥戴着脚镣手铐,受尽了折磨。但无论面对怎样的酷刑,他始终坚定信念,决不投降。"天地有正气,杂然赋流形……"这首千古传诵的《正气歌》,正是在这种情况下写出来的。

在兵马司的牢房里,文天祥艰难地度过了三年,但他忠于南宋、反抗元朝廷的意志丝毫没有改变。

元世祖忽必烈听说了文天祥的忠义之事,决定亲自劝降。文天祥见了忽必烈后,只是作揖并不下跪。

忽必烈和颜悦色地劝说道:"我们都非常钦佩你的忠心。希望你能为我大元效力,怎么样?"

"我是大宋的丞相,怎么能做敌人的臣子?如果背叛了大宋,我死后又有什么脸面去见列祖列宗呢?"文天祥慷慨激昂地说。

忽必烈没有办法,只好问:"那你想要什么呢?"

文天祥斩钉截铁地说:"我现在什么都不想要,只求一死!"

直到此时,忽必烈终于意识到,文天祥是无论如何也不会改变主意了,只好下令处死他。

被押解到刑场上的文天祥面色从容淡定,他正义凛然地对监斩官说:"我的国家大宋在南方,我要面对南方而死!"

他整理了一下衣冠,面朝南方跪拜,仰天长叹:"我能为大宋做的事情,都做完了,此生无悔!"文天祥壮烈牺牲了,年仅47岁。

回顾文天祥的一生,他在小时候听父亲讲述"庐陵四忠"等先贤的事迹时,已经立下为人要忠义的誓言,后来勉力支撑风雨飘摇的南宋朝廷,面对强大的元朝廷视死如归,以身殉国,真正用一生履行了自己当初的誓言。因此,千百年来,文天祥已经成为忠义的化身,永远受到人们的尊敬。

博物馆里的珍贵记忆

《正气歌》碑刻

前面的图是位于北京文天祥祠前院东墙上的《正气歌》碑刻,根据明代书法家文征明所书《正气歌》刻成。《正气歌》是南宋末年政治家、民族英雄、诗人文天祥在狱中写的一首五言古诗,即使身处敌人狱中,他依旧不卑不亢、一身正气,充分体现了他的豁达胸襟和民族气节。

文天祥行书《上宏斋帖》卷(局部)

文天祥才华横溢,但是他忧国忧民,面对时局他不可能在文学、艺术等方面投入过多精力。这幅《上宏斋帖》卷,现收藏于故宫博物院,是文天祥少有的

流传于世的书帖。他的书写风格秀劲、古雅。另外，帖中的内容对于研究当时的历史具有重要价值。《上宏斋帖》卷是文天祥30岁时恭贺朋友晋升而写的信，也表达了自己的理想和抱负。

文天祥纪念馆

在文天祥的家乡，江西省吉安市吉安县城东，有一座江西省最大的历史名人专题纪念馆，这就是文天祥纪念馆。

只要你来到这里，一定会喜欢上它。纪念馆横跨在松竹葱郁的山冈之上，气势非凡。高大精美的牌坊、雄伟壮丽的文信国公殿、肃穆的文天祥塑像以及四贤祠、竹居、状元楼、诗碑楼等建筑，让人不由得对这位700多年前的民族英雄肃然起敬。纪念馆内有五个展厅，陈列着文天祥的部分遗物、手迹、著作等，还有一些当代名人的书画作品。在这里，你能看到文天祥光辉的一生，感受到他的民族气节。

文天祥祠

我们现在看到的文天祥祠，也叫文丞相祠，位于北京市东城区府学胡同。这座祠堂不大，是在当年元军囚禁文

宋丞相信国文公像碑

天祥的土牢原址上建起来的。自明代起，这里就成为人们祭祀文天祥的祠堂，现在是全国重点文物保护单位。

文天祥在这里写下了大量借以明志的诗文，其中就包括了千古传诵的《正气歌》，前院东墙上的刻石上雕刻有明代书法家文征明所书的《正气歌》。祠堂共设两个展室。第一展室是文天祥生平展，陈列了文天祥的部分遗物、手迹，还有他的生平年谱，彰显了文天祥崇高的民族气节。第二展室为明清两代祭祀文天祥的堂屋，这里陈放了文天祥的塑像以及历代文人题写的匾额，此外，还存放有明清两代保留下来的石碑，如明《宋文丞相传》石碑、清《重修碑记》石碑及宋丞相信国文公像碑。在这庄严肃穆的祠堂里，你一定会自然而然地对文天祥肃然起敬。

5

于谦：
清正廉洁　力挽狂澜

扫码听书
"声"临其境

在明代 200 多年的历史中，涌现了不少可歌可泣的忠臣，其中最著名的莫过于有"救时宰相"之称的于谦了。《明史》中称赞他"忠心义烈，与日月争光"。作为一代名臣，于谦在政治、军事等多个领域都做出了巨大贡献。尤其在土木堡之变后，他力挽狂澜，拯救了明王朝，名垂千古。

志向高远的少年

于谦出生于一个世代为官的家族,但到了他父亲于仁那一代时,却意外地中断了这一传统。

于仁生活的年代,官场非常腐败。作为有崇高理想的读书人,于仁实在难以降低自己的道德标准,与贪官污吏同流合污。因此他虽然满腹经纶,却选择在乡下生活,将毕生的学识倾力传给了儿子于谦。

从于谦的爷爷那辈起,于家就悬挂了南宋名臣文天祥的画像,要求后辈都要以文天祥为榜样,做忠肝义胆之人。于仁在给于谦传授知识的同时,也经常讲述文天祥的故事。受到感染的于谦,就在自己的书桌前贴上文天祥的画像,并特地写了一篇文章,称颂文天祥"殉国忘生,舍生取义"。他不愿只做一个文弱的书生,发誓要像文天祥一样精忠报国,名垂青史。

小时候的于谦不但志向远大,而且才思也十分敏捷。

有一天,学堂里的先生有事外出,于谦和其他学生就在学堂里嬉闹起来。先生突然回来,看到后十分生气。

此时,于谦机灵地站出来说:"先生息怒,我们都已经做完功课了,只是利用空闲的时间玩耍而已。您可以随意出题考查,我要是答不上来,任凭先生处罚。"

先生听了觉得有理,就说:"好吧。刚才你们上蹿下跳,玩得不亦乐乎,我就用这个场景出题。如果答得好,就免去对你的惩罚;如果答不好,我要加倍处罚你。"

于谦信心十足地回答:"请先生出题。"

先生说:"手攀屋柱团团转。"

于谦对:"脚踏楼梯步步高。"

先生又说:"三跳跳落地。"

于谦不慌不忙地对:"一飞飞上天。"

此时的于谦,虽然还是个爱玩的孩子,但早早就有了远大的理想,所思所想都是如何才能提升人生的高度,做一番大事。因此,当先生问他时,他心里的想法就脱口而出,回答得又快又好。

先生听出了他的回答中隐含着高远的志向,十分满意,就免去了对他的惩罚,但仍要处罚别的学生。

于谦连忙向先生求情:"请您对其他同学一视同仁。"

先生听了,心里很是欣慰。他想:这孩子不但志向高远,才思敏捷,还能爱护同学,长大了一定是个人才!于是就同意于谦的请求,免去了对大家的惩罚。

两袖清风的官员

年轻的于谦不但志向高远,还有着自己高尚的道德观念。这从他那首脍炙人口的不朽诗作《石灰吟》中就可以看出来:

千锤万凿出深山,

烈火焚烧若等闲。

粉骨碎身浑不怕,

要留清白在人间。

这首诗是于谦十几岁时写的,也成了他的座右铭。他一生坚持自己的道德理想,清正廉明,为国为民鞠躬尽瘁,死而后已。

于谦踏上仕途任地方官时,官场上的腐败之风更甚。宦官王振深得皇帝明英宗的宠信,勾结内外贪官污吏把持朝政,使朝廷上下乌烟瘴气。地方上的官员进京,都必须向王振等人奉上厚礼,否则轻者受到排挤,重者就会被罗织罪名,投入监狱。

刚正不阿的于谦对王振一伙贪赃枉法的行为深恶痛绝,发誓决不趋炎附势。因此他每次进京,从来不给王振等人送任何财物礼品。

有一次,于谦又要进京办事,同僚劝他说:"朝中现在由王振一伙掌权,你去办事,少不了和他们打交道,就算不给他们送金银珠宝,至少也应该带些土特产吧?"

于谦笑了笑,举起两只宽大的袖子,风趣地说:"带了呀,我带了两袖清风!"从此以后,"两袖清风"这个成语就流传了下来,成了廉洁的代名词。

于谦不但为官清廉,生活上也非常俭朴。后来他当了兵部尚书,但居住的房子仍旧仅能够遮挡风雨,连一般官员的住宅都不如。

当时在位的景泰皇帝知道后,于心不忍,破例赐给他一座新的宅院。

于谦却坚辞不受,他说:"国家现在多灾多难,到处需要用钱,我作为大臣有个住的地方就行了。"

景泰皇帝听了非常感动,对于谦说:"宋代范仲淹的那句话——'先天下之忧而忧,后天下之乐而乐',用来形容你最恰当了。"

力挽狂澜的英雄

1449年,昏庸的明英宗在宦官王振的怂恿下御驾亲征,率领明军攻打瓦剌。此时,军队之中腐败之风弥漫,军纪涣散,所谓20万精锐之师不过徒有虚名。面对瓦剌大军,实在不堪一击,在位于今天河北张家口的土木堡全军覆没,明英宗也被瓦剌俘虏了。

消息传到北京,立即引起了巨大震动。慌乱中,有大臣提出迁都南京,以避开瓦剌的侵扰,这主意得到不少大臣的附和,一时间人心惶惶。

关键时刻,于谦挺身而出,大声疾呼:"妄言迁都的人都该处斩!京师是国家的命脉所在,怎么能随便丢弃!京师都守不住,还怎么掌控大局?你们忘了赵宋迁都临安,最后灭亡的教训了吗?"

于谦的振臂一呼,稳定了朝廷的局面,但大家还是要面对一个棘手的问题——明英宗还在瓦剌手里。

此时,为了国家安危,又是于谦挺身而出。他和几位大臣一起向皇太后请求另立新皇帝,彻底粉碎瓦剌的阴谋。

于谦一针见血地指出:"国不可一日无君。现在瓦剌无所顾忌,就是因为他们手里有皇上。社稷为重,君为轻,我们不能让瓦剌的阴谋得逞。"

这种以社稷为重的想法打动了皇太后与多数大臣。于是,郕王朱祁钰继承了皇位,也就是后来的景泰皇帝。这下不但保证了明王朝国政的稳定,也彻底挫败了瓦剌妄图挟持明英宗为人质,百般讹诈明王朝的阴谋。

在稳定政局的同时,于谦还积极布置北京的军事防御,他调动官军20多万人,在北京周围筑起了严密的军事防线。

不久,瓦剌大军挟持着明英宗,浩浩荡荡地来到北京。

于谦赶到城楼上,对着守城将士大声喊道:"我已经下令将城门紧闭,不战胜瓦剌决不开门。所以,我们没有退路,只有奋勇抗敌,誓与京师共存亡!"

"誓与京师共存亡!"将士们被于谦勇敢无畏、背水一战的精神感动了,纷纷举起兵器,呼喊声响彻城头。

明军士气大振,无不奋勇杀敌。这下,瓦剌军阵脚大乱,首领也先的弟弟在明军的炮火中身亡。瓦剌大军遭到了沉重打击,损失惨重,不得不灰溜溜地退了兵。

就这样,于谦领导的"北京保卫战"取得了胜利,一扫"土木堡之变"的阴霾,极大地提振了士气民心。瓦剌看到北京城犹如铜墙铁壁,就放弃了侵犯明王朝的念头,将明英宗放回北京。于谦在关键时刻力挽狂澜,稳定了局势,避免了国家灭亡的危局。

教子有方的父亲

世界上没有不爱自己孩子的父亲。于谦对儿子除了深深的关爱,更重要的是在道德品质方面对他产生了潜移默化的影响。

于谦在担任山西巡抚时,有一次接到家里的来信,信中说他的长子于冕的13岁生日就要到了,希望他不要忘记。当时于冕正随祖父祖母在浙江钱塘老家居住,不在他身边。怎样祝贺儿子的生日才有意义呢?于谦左思右想,最后写了一首诗:

> 阿冕今年已十三,耳边垂发绿鬖鬖。
>
> 好亲灯光研经史,勤向庭闱奉旨甘。
>
> 衔命年年巡塞北,思亲夜夜梦江南。
>
> 题诗寄汝非无意,莫负青春取自惭。

于谦用这首诗告诫儿子要努力上进,不要辜负青春年少的大好时光。于冕收到诗后,读懂了这份不一般的生日礼物,决心按照父亲的教导认真研读经史,孝敬祖父祖母,不虚度年华。

于谦指挥明军取得"北京保卫战"大捷后,名震天下。景泰皇帝非常高兴,要论功行赏。于谦向皇帝推荐了在战斗中表现突出的部下,却推辞了对自己的赏赐。

有位叫石亨的将军想要讨好于谦,他明白于谦的性格,知道于谦绝对不会接受封赏,于是向皇帝上书,推荐于谦的儿子于冕,请求将于冕调进北京担任高官。

于谦知道后,上朝时专门对景泰皇帝说:"我们打退瓦刺,只是一时的胜利,国家仍然危难重重,用人必须选贤任能。于冕年纪还小,没有什么功劳,给他高官厚禄必然破坏国家用人的原则,贻害无穷。我坚决不同意给于冕加官晋爵。"

他转过头来,严肃地批评了石亨:"你身为大将,理应一心为公,不能因为于冕是我儿子就对他有所偏爱,这样对其他人不公平。"

景泰皇帝见过很多一心求官的大臣,但是像于谦这样拒绝为自己孩子升官的人还真没见过,他动情地说:"于谦真是世上罕见的完人,他的心里有天下社稷,有百姓苍生,唯独没有他自己。"

在于谦的教导下,长大后的于冕像父亲一样,无论在哪里做官,也都能坚持清正廉明,尽心竭力地报效国家,受到了百姓的爱戴。

少年志向高远,为官两袖清风,既能力挽狂澜保卫国家,又能以身作则教子有方。于谦的高尚品质与人格魅力,不仅受到明代人的推崇,也为后世树立了榜样。

博物馆里的珍贵记忆

这座石碑位于杭州市上城区一条宁静雅致的小巷中,这里是明代名臣于谦在杭州的故居。

石碑全文由于谦的儿子于冕撰稿，由当时的大理寺卿夏时正手书，它见证了在于冕的不懈努力下，于谦冤案得以昭雪的历程。

碑文记载，明代成化二年（1466），明宪宗派人来杭州祭祀于谦，"心怜其忠"，立下此碑。于谦故居也因此改名为"怜忠祠"，故居门前这条小巷也被命名为"祠堂巷"。在冤屈被平反以后，于谦的高尚品质与人格魅力，受到了历代人的推崇，为后世树立了榜样。

怜忠祠碑

于谦故居

距离西湖仅 1000 多米的一条小巷子里,祠堂巷 42 号,是于谦在杭州的故居。如果你来到西湖游玩,一定不能错过这里。

于谦故居的占地面积并不大,那里记录着于谦的生平事迹,并留有旗杆石、造像碑等遗物。一进门,我们便可看见影壁上刻着于谦的名诗《石灰吟》。故居的主建筑是"忠肃堂",门廊上有一副对联:"咏石灰、赞石灰,一生清白胜石灰;重社稷、保社稷,百代馨香惠社稷。"忠肃堂后面是个小花园,有一池方塘、两个小亭。这里的陈设简简单单,正是于谦一生清清白白的写照。

故居里还有一口井,一面靠墙,三面由石栏杆围住。井边有一间十余平方米的起居室,也许于谦当年就是在这口井边洗漱后开始了一天的晨读。

于谦祠(浙江省杭州市)

在杭州西湖边上,沿着绿树掩映的八盘岭路走一走,你很容易就能找到位于三台山山麓的于谦祠。明代,朝廷为了纪念于谦,在他的墓旁建了这座祠堂。

现在祠堂的建筑有前殿、正殿和后殿等,陈列有于谦雕像、大型浮雕和镇河铁犀牛等,展示了于谦的生平事迹。经

历了500多年的风风雨雨,如今的于谦祠被修葺一新。以于谦祠为主体,形成了包括于谦墓、墓道、牌坊等文物建筑与自然山林、绿地相结合的于谦祠景区。在这里瞻仰、怀念于谦的人往来不绝,于谦祠也成了著名的爱国主义教育基地。

于谦祠（北京市）

从北京天安门顺着长安街向东走，过了东单地铁站C出站口，再往东走200多米，建国门内大街南侧的一块空地上，有一处古色古香的祠堂式建筑，这就是于谦祠了。

进门后有一座两层小楼，叫作"奎光楼"，楼的一层是祠堂，这里有于谦的画像，还展陈了于谦的两部文集和生平事迹。二楼则展示了于谦主持"北京保卫战"的事迹、于谦的书法作品以及相关书籍等。整座院子分为内外两进，由十几间房屋组成。

明代，宪宗朱见深为于谦平反后，将北京的于谦故居改为忠节祠，供人们瞻仰缅怀。明末清初祠堂被毁，清代光绪年间在原址重建，1984年，这里被公布为北京市级文物保护单位，21世纪初在城市建设中进行了复建。当初"北京保卫战"的战场早已没有一丝痕迹，但于谦力挽狂澜的忠义精神却在这里永存。

6

戚继光:
文韬武略 保家卫国

扫码听书
"声"临其境

他是明代的名将,在东南沿海指挥抗击倭寇十余年,扫清了横行多年的倭患,在北方抗击蒙古部族入侵十余年,保障了北方的安全。

他是一位杰出的军事家,通过总结长期的作战经验,撰写出《纪效新书》和《练兵实纪》两部兵书,成为古代军事文化遗产的璀璨瑰宝。

他还是出色的兵器专家和军事工程家,他曾主持修建蓟州镇的一段长城,为北方筑起了坚固的安全屏障;他改进和发明了多种火器,组织制造战车、战船,使明军的装备始终居于当时的世界领先水平。

他,就是戚继光。

一双漂亮鞋子的故事

戚继光是山东登州（今山东蓬莱）人，父亲戚景通在50多岁的时候才有了他这个儿子。

父亲把这个儿子当作老天给予的荣光，也希望他将来成为一个光辉的人物，于是给他起名"继光"。

虽然老来得子，父亲对戚继光却没有丝毫溺爱，反而对他的要求非常严格，尤其是在文化教育方面。在父亲的教导下，戚继光从小就遨游于书海之中，熟读了经史子集。

不过，爱玩是每个孩子的天性，戚继光小时候也和其他男孩子一样，特别喜欢玩打打杀杀的游戏。玩的时候，戚继光最擅长"排兵布阵"，小伙伴们就推选他当"孩子王"。

"冲啊！"

"杀呀！"

戚继光发号施令，带领小伙伴用泥巴筑城池、削竹子做旗杆、裁碎纸做军旗，模拟战场上的进攻和防守，把一群小孩子指挥得有模有样。

一个偶然的机会,父亲看见了煞有介事玩着打仗游戏的戚继光和他的小伙伴们。经验告诉他,戚继光这孩子肯定是个做将帅的好苗子。于是,父亲开始有意识地培养戚继光对军事的兴趣。

不过,父亲对戚继光的教育中,除了注重文化教育、军事教育,更注重的是让他明白做人的道理。

戚继光12岁那年,有一次父亲请了几位工匠来家里修缮房屋,让他们给家里装一套四扇雕花门户。

工匠们都非常疑惑,纷纷议论说:"像这样的将军家,就应该装十二扇的雕花门户呀!"

戚继光听见了,连忙去找父亲,想让父亲把门户改成十二扇。

父亲看了看戚继光,严肃地摇摇头说:"古人说'俭以养德',我们家四扇门户已经够用了,没必要浪费。如果你现在讲究排场,非要十二扇门户,以后可能连四扇门户都住不上了。"

戚继光听完这番话,又扭头看了看自己家和普通百姓家没多大差别的家具，想起父亲为官多年一直都坚持清廉的作风，就默默地点了点头。

还有一次，戚继光穿了一双做工非常考究的漂亮的丝织鞋子，正好被父亲撞见。

父亲严厉地斥责道："你现在只是一个孩子，就穿这么昂贵的鞋，将来说不定还要穿多贵重的衣服！要是长大做了军官，说不准就要侵吞士兵的粮饷，后果不堪设想。快把这鞋子给我脱了！"

父亲的斥责，让戚继光意识到这也许不仅是一双鞋的问题，于是他立即换上了布鞋。

正是父亲的教诲，让戚继光从小就养成了俭朴的作风，直到后来担任了大将军，仍然过着俭朴的生活，能够与士兵同甘共苦，受到了士兵的爱戴和百姓的信赖。

只愿家国平安

戚继光 16 岁时，年迈的父亲得了重病，无法继续工作。按照明代的规定，戚继光可以继承父亲的官职，不过要到北京去办理手续。

令戚继光没有想到的是，这一去竟是生死永别。父亲秋天去世，戚继光冬天才从北京回来。他从此成了家里的顶梁柱。

没有父亲，日子过得更艰难了。戚继光要出门上学，没钱乘坐马车，但作为一名武官，不坐马车走路去学堂，是不合礼制的事情，会让别人耻笑。难道不去上学了吗？戚继光陷入了两难。

戚继光的老师梁先生是当地的名士，非常喜欢他，当听说了戚继光的窘境后，就特地到戚继光家中给他授课。梁先生不仅分文不取，还不用戚家派车马接送。戚继光感动得无以言表，就想安排梁先生在家里吃顿饭，也算表达对老师的谢意。

谁知道,正要安排上菜时,梁先生生气了。

他指着戚继光说:"你父亲在世时清清白白,从不送他人东西,我来家里教你读书,并不图你的银子,也不图你的吃喝,你不必这么做!只要你还记得你父亲的清正家风,就算对得起我了!"

戚继光被梁先生的一番话深深地震撼了,心中也涌起了对父亲的思念。于是他暗下决心,一定要加倍努力,好好读书,报效国家,千万不能辜负梁先生的殷切期望,还要把自家的家风传承下去,不能让祖上蒙羞。

在梁先生的激励下,戚继光学习的热情更加高涨,他日日坐在书房里勤学苦练,愈加坚定了报效国家的信念。

当时山东一带时常有倭寇前来骚扰,戚继光作为武官,恨不能立刻出征消灭贼寇。正是在这样的情怀激荡下,他挥毫写下了"封侯非我意,但愿海波平"的诗句,凌云壮志跃然纸上。

到了20岁,戚继光做出了一个惊人的决定:他要去参加武举考试!

在别人看来，戚继光继承了父亲的职位，已经是正四品武官，根本没有必要再去参加考试呀！可是戚继光认为，想要证明自己的才干，必须让朝廷看到自己的真才实学才行。只要是有利于"海波平"、消灭倭寇的事情，再麻烦他也不怕！

戚继光从小就熟读经史子集，他顺利地通过了乡试，来到北京参加会试。考试之前，他写了一篇文章——《备俺答策》，文章直面现实、思路清晰、切中要害，提出了对付蒙古俺答的对策。文章一出来，一下子就轰动了京城。当时的兵部主事读了这篇文章，也被戚继光的军事谋略所折服。

然而临近考试时，俺答悍然入侵了，会试被迫取消，戚继光因为出众的文韬武略，被任命为京城九门的总旗牌官，协助九门提督防守，从此名声大振。

令行禁止的戚家军

在北京参加防守之后回到山东的戚继光,被推举去戍守蓟门。在边关的那些日子,他没有一天不在思考家国现状,探寻着保卫边疆的方法。而身处前线,也让他对敌人、对实际作战有了更深入的了解。

又过了几年,戚继光因为表现出色,被调往浙江沿海担任参将,防御倭寇。

戚继光年纪轻轻就担任了军队主将,下面的一些将领难免心有不服,处处与他作对。戚继光眼见军纪涣散,心急如焚,思索着怎样才能把自己的部下锻炼成一支铁军。

在一次对倭寇的作战中,戚继光身为军官的舅舅没有执行军令,让部队遭受了巨大的损失。这下子,戚继光左右为难起来:按照军纪,下级军官不遵守军纪,就应该按照军法严肃处置,可这次要处理的是自己的舅舅呀,亲人们肯定会说他无情无义。可是,如果自己这次法外开恩了,以后还

怎么严肃军纪呢？那些本来就不服指挥的将士，会不会更加肆无忌惮呢？

"治军避亲，何以服众？"戚继光思来想去，下定决心不徇私情，严格按照军纪，打了舅舅20军棍。

责打完舅舅的当天晚上，戚继光就以晚辈的身份去向舅舅赔罪。他诚恳地说："白天，我是以主帅的身份处罚了您，现在我以外甥的身份来向您请罪。倭寇横行，军令不严不足以振军威，缺少军威就无法杀敌！还请舅舅宽恕。"舅舅被戚继光的诚恳感动了，连说是自己糊涂，为自己往日的骄纵懊悔不已，从此之后再也没有违反过军令。

戚继光处罚舅舅的事情很快传遍了军营，将士们都受到了极大震动。大家无不钦佩戚继光的公正严明、秉公执法，军纪军容一下子大为改观。

戚继光治军不仅以纪律严明出名，他对属下将士的关爱也广受赞誉。戚继光牢记父亲在他小时候的教诲，对待将士赏罚分明，从不私吞、克扣军饷。戚继光经常说："将领们都是我的心腹，战士们都是我的手足。"每次作战归来，他做的第一件事就是书写立功人员名单，上报朝廷，请求奖赏。每一次，戚继光总是把自己列在名单的最后，有时甚至不写自己。

有了严明的纪律和将士们的信赖，戚继光终于可以放开手脚训练精良的军队了。他从浙江本地招募了2000多名农民，亲自训练，教授他们鸳鸯阵、车营等团队作战的方法，同时改进作战工具。经过长期磨炼，他终于练成了一支让倭寇闻风丧胆的"戚家军"！这支勇猛的军队在和倭寇的战斗中令行禁止，几乎百战百胜，被认为是当时战斗力最强的军队。"戚家军"的威名传遍了大江南北。

博物馆里的珍贵记忆

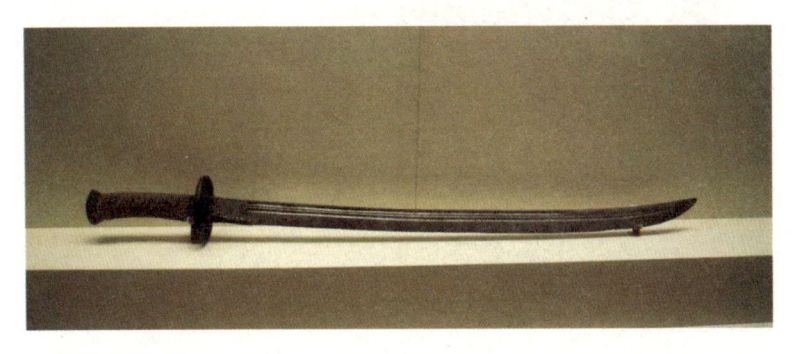

"登州戚氏"军刀

上页图中的这把刀是"登州戚氏"军刀,现藏于中国国家博物馆。戚氏军刀是戚继光专门针对倭寇使用的倭刀所改良制造的武器,刀上刻着"万历十年,登州戚氏"八个字,说明这把军刀是万历十年(1582)戚继光任蓟镇总兵时铸造的。这把军刀造型大方,工艺精湛,钢质坚韧,锋利无比,显示出了明代冶铁技术的高超水平,也反映了一代名将戚继光对武器质量、军队质量的重视。

戚继光　行书《送李小山归蓬莱》

这幅《送李小山归蓬莱》字帖，现藏于山西博物院。此诗是戚继光为送友人李小山即兴而作，用笔奔放，如领军战场，勇往直前，有着意气风发之势。戚继光的遗墨传世很少，这幅作品书于1570年，流传至今已有400多年历史，非常珍贵。

戚继光纪念馆（山东省蓬莱市）

这座戚继光纪念馆位于戚继光的家乡——山东省蓬莱市，它坐落在蓬莱水城南小海东侧的水师府内。纪念馆中

采用壁画、浮雕和泥塑相结合的艺术手法,展示了戚继光改良的狼筅、虎蹲炮等百余件兵器以及水师船模等,再现了戚继光山东海防备倭、闽浙沿海抗倭、蓟州边关戍守、案头著书立说等历史画面。

戚继光的成长和父亲的严格教导与家族良好的家风密不可分,因此,纪念馆中还立了"忠""孝"二字碑,碑的背面分别镌刻了戚继光和他父亲戚景通的生平事迹。

《练兵实纪》

戚继光纪念馆(浙江省台州市)

戚继光在浙江、福建沿海领导抗击倭寇十余年,扫平了为害多年的倭患。浙江海门(今台州市椒江区)的百姓为了纪念他,从明代开始就在"戚家军"曾驻兵的城隍庙建立了戚公祠,这就是我们看到的浙江省台州市戚继光纪念馆的前身。

这座纪念馆向我们展示了戚继光保家卫国的戎马生涯,特别是戚继光为迎战倭寇首创的"鸳鸯阵"模型以及战船模型,让我们可以近距离了解戚继光的军事谋略。

龙泉寺戚继光诗碑

戚继光是一位文武双全的将领,他戍边时曾在今天的北京市密云区一带驻防。在密云期间,他游览密云白龙潭,赋七律诗一首,刻碑留于龙泉寺中。在今天的北京市白龙潭景区,你还可以看到它。从这首豪迈奔放的七律诗中,你定能感受到戚继光浓厚的爱国情怀。

7

林则徐：
一身正气　禁毒英雄

扫码听书
"声"临其境

他是晚清著名的政治家,曾经主持中国禁毒史上标志性的事件——虎门销烟,并领导军民与英军坚决斗争,被誉为"民族英雄"。

他是晚清著名的思想家,主张学习西方科技和文化的长处,并主持翻译西方报刊和书籍,被称为中国近代史上"开眼看世界"第一人。

他也是晚清的著名诗人,"苟利国家生死以,岂因祸福避趋之"的名句激励了一代又一代中国人为国家富强奋斗不息。

他就是林则徐。

读书就要为百姓谋福利

1785年,林则徐出生在福建一个清贫的教师世家,他的祖父和伯父都当过私塾先生。父亲林宾日考取秀才后就再没能进一步取得科举功名,以教书为生,收入微薄。

林宾日自己没能中举,感觉这是毕生的遗憾,因此对林则徐寄予了厚望,对他的教育也非常严格。在林则徐四岁的时候,林宾日就将他带到私塾旁听。

林宾日虽然在科举之路上成绩平平,却是一位出色的人生导师,尤其善于通过讲故事、打比方、举例子等方式循循善诱,让林则徐从小就明白了许多人生道理。

小时候的林则徐,在父亲的教导下非常勤学好问,经常提出一些在大人看来有些幼稚的问题,但父亲总是耐心解答,以此激发林则徐学习探索的兴趣。

有一天,林则徐问父亲:"人为什么要读书呢?"

父亲想了想,语重心长地说:"人如果不读书,只知道吃

饭、睡觉,和其他动物就没有什么区别了。只有读书,才能明白人世间的各种道理;只有明白了这些道理,才能明辨是非,好好做人,受到人们的尊敬,这样才不枉一生。"

林则徐听了父亲的话,虽然还是懵懵懂懂的,但已经意识到读书是人生的必修课,只有读书才能让人生有意义,从此他读起书来更加主动自觉。

又过了一段时间,父亲教林则徐背诵《诗经》,林则徐挠着头问道:"我为什么一定要学《诗经》呢?"

父亲微笑着回答:"你知道吗?孔夫子曾说人如果不学《诗经》,就不知道怎么和别人交谈。《诗经》里的诗蕴含了无数古人的智慧。读《诗经》不但能学习作诗、写文章,还能懂得很多人生道理。等你都会背诵了,自然也就明白了。"

在父亲的鼓励下,林则徐更加认真地学习《诗经》。当他学到《硕鼠》一篇时,心里有些不解,就问道:"父亲,大老鼠那么坏,古人为什么还专门为它写一首诗呢?"

父亲的脸色严肃了起来,他认真地回答道:"这首诗可不是在写普通的大老鼠,而是用大老鼠比喻不劳而获的人。很多人每日辛勤劳作,却吃不饱穿不暖;有些人什么都不干,却能强占他人的劳动果实,坐享其成,这是不是就跟大老鼠一样?"

林则徐听了,攥着拳头气愤地说:"这些人不劳而获,太可恨了!"

父亲进一步启发他:"贪官污吏欺压百姓、搜刮钱财,就是现实中的大老鼠。你一定要好好读书,将来有了机会,就可以为民除害,扫除这些'大老鼠'了!"

就这样,在父亲的谆谆教诲下,林则徐从小就树立了远大的志向——读书就要为百姓谋福利。他也没有辜负父亲的期望,19岁考中了举人,26岁考中进士,从此开始了他为国为民的道路。

把鸦片查禁到底

林则徐这一生,无论官职高低,都谨记父亲"不妄与一事,不妄取一钱"的教诲,始终保持清廉、正直的作风。

1838年底,道光皇帝任命林则徐为钦差大臣,到广东去查禁鸦片。

钦差代表皇帝去处理地方上的紧急事务,直接向皇帝汇报,权力很大。历史上有很多人把钦差大臣当成大肆贪污受贿的挡箭牌。其他人得到消息后纷纷向林则徐道贺。但林则徐根本没有想过为自己谋私利,只想尽快赶到广东禁绝鸦片,还一方百姓平安。

因此,从北京出发时,林则徐特意先向沿路的官府发了告示。大意如下:一是自己南下随行人员中没有其他官员,如果沿路官府发现有人假冒,一律拘捕惩办;二是自己途经地方驿站时,会自行解决交通问题,随行人员不会向地方索取分毫;三是沿路借宿时,地方上只准备家常饭菜即可,不得备办酒席,更不得用燕窝等高档食品;四是随行人员沿路不得接受任何馈赠,否则严惩不贷。

告示发出后,沿路的官员一开始都不以为意,以前也有钦差大臣发过类似的告示呀,还不是做做表面文章?让他们万万没想到的是,林则徐居然真的说到做到,沿途果然分文不取,毫不铺张浪费。林则徐清廉节俭的名声一下子就传遍了全国。

到达广州后,林则徐迅速着手查禁鸦片,发布了强硬的禁烟令,勒令英国的鸦片贩子在限期内交出全部鸦片。

鸦片贩子也不以为意,他们以为林则徐和别的官员一样,也能用钱财收买,也能睁一只眼闭一只眼,于是便求见林则徐,企图通过贿赂过关。

林则徐丝毫不假辞色,指着他们痛斥道:"你们为了钱财贩运鸦片,不顾千千万万中国老百姓的健康和性命,还有一点儿良心吗?!"

鸦片贩子以为林则徐不过是做做表面功夫,便习惯性地拿出银票。

林则徐一挥袖子,坚决拒绝,还愤怒斥责道:"只要有一个百姓还受鸦片的毒害,我林则徐就寝食难安!"

鸦片贩子完全没有想到林则徐如此难对付,一时间不知所措。

林则徐看着他们狼狈的样子,轻蔑地说道:"你们不要白费心机了。必须在限定日期内交出全部鸦片,否则后果自负!"

鸦片贩子在林则徐面前碰了一鼻子灰,虽然恼怒却又找不到别的路径,只能按照命令,乖乖交出了近两万箱鸦片。

1839年6月,林则徐将收缴的鸦片在虎门公开销毁,沉重打击了英国鸦片贩子的嚣张气焰,维护了中华民族的尊严和利益。

做人一定要踏实进取

林则徐父母的言传身教对他的成长、成才具有重要的影响,因此,林则徐对子女的教育也非常重视,尤其是对他们的品德教育。林则徐在外做官时,妻子儿女不在身边,但即使公务再忙,他也要抽出时间通过书信与家人保持联络,时刻关心家中的大事小情,关注孩子们的成长细节。

正是由于林则徐的重视,林家的几个孩子学习都非常好。特别是长子林汝舟,24岁时就考中了进士,可以说是少年得志,所以他的言语间有时难免有些得意扬扬。

林则徐察觉出长子的自满情绪,就特意写信给他,谆谆教导道:

"人生在世,一定要小心谨慎、踏实进取。如果因为一时的成绩就沾沾自喜,妄想实现超出能力的目标,又或者做事没有主见,如盲人骑瞎马,那灾祸很快就会降临了。"

林汝舟在林则徐的教导下,果然在此后的人生道路上谦虚谨慎、作风清正,传承了林则徐的铮铮风骨。

林则徐一生为官清廉,没有给子女留下丰厚的物质财富,但却留下了无尽的精神财富。为了从道德修养上教育孩子们成才,他以自己的人生阅历感悟,写下了格言《十无益》作为家规:

存心不善,风水无益;

父母不孝,奉神无益;

兄弟不和,交友无益;

行止不端,读书无益;

心高气傲,博学无益;

作事乖张,聪明无益;

不惜元气,服药无益;

时运不通,妄求无益;

妄取人财,布施无益;

淫恶肆欲,阴骘无益。

林则徐通过这些格言,想告诉孩子们,如果没有高尚的道德,那么即使读再多的书、再聪明,也没有益处。

他还在家中写了一副对联:"子孙若如我,留钱做什么,贤而多财,则损其志;子孙不如我,留钱做什么,愚而多财,益增其过。"给孩子留钱,不如给孩子留下智慧,这样的教子理念发人深省,为后世所称颂。

林则徐为子女们树立了良好的榜样,在良好家风的熏陶下,他的三个儿子都成长为国家的栋梁,女儿们也都知书识礼、善良贤惠。林家后代更是能人辈出,大多都为国家做出了重要的贡献。

博物馆里的珍贵记忆

林则徐行书对联"海纳百川有容乃大，壁立千仞无欲则刚"

这是福建省福州市的林则徐纪念馆珍藏的林则徐行书对联，上书：海纳百川有容乃大，壁立千仞无欲则刚。这是清代的拓本。道光十九年（1839），林则徐任两广总督时写下这副对联，用来告诫自己：做人要如大海一般拥有宽广的胸怀，广泛地听取各种不同意见；为官还要像悬崖绝壁般刚正不阿、杜绝私欲，才能坚定地挺立在世间。

林则徐提倡的这种精神，令人钦敬，他用来自勉的这句话也成了当今不少人的座右铭。

林则徐《析产阄书》

　　这是位于福建省福州市的林则徐纪念馆中收藏的林则徐所书《析产阄书》，写于1847年。当时已经62岁的林则徐眼见自己的三个儿子，年长的已经成名，年少的也有了自己的事业，而此时自己与妻子年岁已高、疾病缠身，便在陕西巡抚衙署养病期间写下了《析产阄书》，对家产进行了分割和处置。《析产阄书》字字情真，句句意切，透过这份《析产阄书》，我们可以感受到林则徐清正廉洁的一生和严谨节俭的家风。

"十无益"拓片

　　这是福建省福州市的林则徐纪念馆中收藏的林则徐手书"十无益"拓片。林则徐以"十无益"格言作为个人修身处事的标准,并奉为家规,作为教育子女的准则,还多次抄下此文赠送给友人。这短短的十句话,融合了中国传统文化中为人处事和修身养性的精华,也是林则徐一生的写照。

林则徐纪念馆

　　我们现在看到的是位于福建省福州市的林则徐纪念馆,它是在清代光绪年间所建的"林文忠公祠"基础上改建、

扩建而成的,包括"林则徐出生地""林则徐故居""林文忠公祠""林则徐史绩展""禁毒展馆"等。

这座纪念馆的展览反映了林则徐的生平事迹。展品中有林则徐亲笔书写的对联、条屏、立幅、扇面、信札、文稿、笔记等120多件,还有他使用过的印章、残墨、印盒、政书雕板等遗物。祠堂门外围墙上镶嵌着"虎门销烟"大幅浮雕,祠堂内的回廊中则有林则徐历任官职名称。再缓缓穿梭于"林则徐出生地"和"林则徐故居"的各间屋子,我们仿佛还能听到他小时候的琅琅读书声,看到他认真学习的样子。

虎门林则徐纪念馆

位于广东省东莞市虎门镇的虎门林则徐纪念馆,也叫鸦片战争博物馆、海战博物馆,它是在林则徐销烟池的旧址上建立起来的,还管辖着虎门炮台旧址。这里是第一次鸦片战争重要的历史见证,收藏、陈列着林则徐销烟与鸦片战争的文物史料。

其中"鸦片战争"陈列展览展示的文物达1860件,历史图片、照片及艺术品1400

余件(幅),高科技、信息化项目十余项。鸦片战争博物馆院内正中前方位置矗立着林则徐的塑像,透过这座塑像,我们仿佛能望见那些峥嵘岁月,感受到这位英雄人物给我们带来的自豪与骄傲。

8

曾国藩：
有志有恒　心正文正

曾国藩是晚清时期著名的政治家。他出身于普通家庭,通过不懈的奋斗,成为晚清政治舞台上的重要人物。他是洋务运动的主要倡导者之一。在他的主持下,中国人制造的第一艘轮船、中国第一所近代兵工厂、中国第一家翻译馆、中国第一批赴美留学生陆续成为现实。曾国藩为开辟中国近代化道路做出了应有的贡献,他与李鸿章、张之洞、左宗棠被并称为"晚清中兴四大名臣"。

勤能补拙　时常自省

1811年,曾国藩出生于湖南省湘乡县荷叶塘白杨坪(今双峰县荷叶镇大坪村)的一个普通耕读家庭。他的祖父曾玉屏虽然文化不高,但阅历丰富,对子孙的教育非常看重。曾国藩的父亲曾麟书在祖父的严格管教下,书读得十分扎实,后来还考中了秀才。

曾国藩从五岁开始就跟随父亲读书,受家庭的熏陶,他有着非常强烈的进取心。但是,与历史上很多著名人物不同,曾国藩小时候绝对称不上聪明,与同龄孩子相比,甚至还可以说有些笨。

据说有一次,曾国藩学了一篇二三百字的新文章,老师要求把它背下来。许多记性好的同学在课堂上就已经能背诵了,曾国藩却总是背得磕磕巴巴的。但他对自己要求又很高,下狠心说道:"今天我一定要把这篇文章背诵下来,背不下来就不睡觉。"

吃完晚饭，曾国藩独自一人在屋里背诵。一直到大部分人家都已经熄灯休息了，他还没背下来。由于背诵效果不理想，曾国藩越发烦躁。

这时，屋子里一个漆黑的角落，有一个人同样非常烦躁。原来，傍晚时分有个小偷儿溜进曾家，准备等晚上大家都休息后动手。不料，曾国藩挑灯夜读，小偷儿不方便下手。他心想：这小孩儿肯定读一会儿书就休息了，就等一等吧。谁知道，左等右等，都快两个时辰了，曾国藩还没有背下来。

当看到曾国藩又打开书本时，小偷儿实在忍不住了，跳出来气呼呼地说："一晚上听你读了那么多遍，我都能背下来了，你还是不会背，从没见过你这么笨的人。"说完，小偷儿流利地背了一遍文章，然后大摇大摆地走了。

连小偷儿都比自己强，曾国藩内心受到了沉重的打击。但他却并没有从此消沉，想起祖父常常教导他要以"懦弱无刚"为耻，顿时生出一股冲天的倔强气概，发誓一定要更加努力，用勤奋来弥补自己的笨拙。

这件事改变了曾国藩的一生，从此他更加用功。为了养成勤奋的习惯，他无论严冬还是酷暑，每天都坚持天一亮就起来读书,绝不贪睡。为此,他还特别请弟弟监督自己,如果自己没有早起,甘愿受罚。为了养成恒心,他还坚持每天写日记,记录自己每天做的事情,并时常反省有没有做错的地方。有时候,他还会把日记送给亲友评判,并及时改正亲友指出的错误。这个习惯他保持了一生。

经过持之以恒的勤奋努力,资质平平的曾国藩终于在27岁那年的会试中被赐同进士出身,踏上了仕途。

为官清廉　做人低调

刚刚进入官场的曾国藩,在京城翰林院任职。他一开始是七品官,一年的俸禄和各种补贴加起来不到200两银子。

他的这个收入,如果放在乡下或是省城,还能勉强过得去。然而"京城居,大不易",根据当时的记载,一个京城里的小官,就算再节省,一天也总要花一两银子的。那么,一年就是接近400两银子的花费。入不敷出怎么办呢？和曾国藩差不多级别的官员，大多都会接受一些进京办事的地方官的馈赠，一次几十两到数百两银子不等，这几乎成为明面上的官场规则了，但是，曾国藩很少这样做。于是，向别人借钱就成了他度过经济困难时期的主要方式。进京四五年，他差不多借了400两银子。那段日子，他的家书里经常会出现"借钱"的字样。

即便是这样，曾国藩做事依然兢兢业业、踏实肯干，年年获得提拔。十年之间，他的官位连升十级，进入了高层官员的行列。这种升官的速度，在当时是十分少见的。

按照清代规定，官员升迁以后，享受的待遇也要提高。比如升到正三品的官员，坐的轿子的帷帐可以从蓝呢的换成绿呢的，抬轿子的人也要增加两个，并且需要配备引路人和几名护卫。但是，曾国藩升到三品大员以后，出行时只增加了两名护卫，轿子前面并没有引路人，轿帷也还是四品官的蓝呢。

这件事很快传遍了京城。礼部官员知道后，专门找曾国藩进行沟通："曾大人，您是朝廷的三品大员，随行人员和坐的轿子等都是有规矩的,这关系着朝廷礼法,您可不能马虎,坏了规矩。"

其实,清代除了不允许低级官员乘坐高级别的轿子以外,其他并没有强制性的规定。如果三品以上的官员家庭条件不允许,完全可以量力而行。只不过当时奢靡之风盛行,如果官职升了,轿子的形制没变,是要被同僚们嘲笑的。

曾国藩为官清廉,既不贪污,也不接受别人的礼金馈赠,除了俸禄外再没有其他收入,还常常向别人借钱。他哪里还有钱去置办新的轿子呢?更别提还要增加轿夫和随从了,这些都是不小的花销。更重要的是,始终保持生活俭朴、不求奢靡是曾国藩对自己的要求,他时常告诫自己要谦虚沉稳、低调内敛,做人不可过于招摇,所以,他更不会在轿子上有过多的讲究了。

面对礼部官员的提醒,曾国藩当面连连点头:"大人所言极是,我以后一定注意。"回过头却依然还是按自己的习惯来。

不久,曾国藩又升任二品官员,但他出行依然坐普通的蓝呢轿子。那些坐绿呢轿子的官员不得不提醒自己轿前的引路人:"在街上行走可看准了,二品大员曾大人坐的可是两人抬的蓝呢轿子!"

一顶轿子虽然是小事,却反映了曾国藩为官清廉、做人低调的高贵品质。

兴办洋务　自强不息

曾国藩刚做官不久,英国就发动了侵略中国的第一次鸦片战争。他升任二品官员之后的几年,又遭遇了英国和法国联合起来侵略中国的第二次鸦片战争。英法联军甚至还在1860年攻占了北京城,大肆掠夺抢劫,并且彻底烧毁了包括圆明园在内的清代皇家园林三山五园。

在强大的侵略者面前,清朝廷懦弱得只有被人摁在地上殴打欺负的份儿,强烈的屈辱震醒了包括曾国藩在内的一批有识之士。曾国藩忧心如焚,他在日记中写道:"洋人在中国肆意抢掠,我们竟然不能抵抗他们,简直太让人愤慨了。"(日记原文的翻译,下文中同样是原文翻译)。

怎么办呢?曾国藩和一批有着同样救国思想的同僚把目光转向了改进军队武器和提升国家实力上。他说,我们要像洋人那样造出坚船利炮来,才能保证国家长久。他觉得国家一定要卧薪尝胆,专注于发展实力,这样一二十年之后才有可能强大起来。

在这种思想的引导下,1861年,在攻占了被太平天国起义军占据的安庆后,当时以两江(包括江苏、安徽和江西)总督身份,督办四省(江苏、浙江、安徽、江西)军务的曾国藩主持设立了安庆内军械所,制造新式枪炮,这是我国最早生产近代武器的工厂。仅仅过了一年,安庆内军械所就设计制造出了我国第一台蒸汽机。曾国藩在日记中高兴地发出感叹:"太高兴了,洋人的东西,我们中国人也能造,他们洋人再也不能嘲笑我们什么都不懂了。"

1864年安庆内军械所搬到了南京,并克服重重困难制成了中国第一艘蒸汽轮船。曾国藩登船试航,将它命名为"黄鹄号"。1865年,曾国藩等人收购了美国人在上海的铁

厂，以安庆内军械所为基础，合并了苏州洋炮局、上海洋炮局，又向美国订购了一批设备，办起了中国第一个近代军事工厂，名为江南机器制造总局，简称"江南制造总局"。江南制造总局从生产枪炮弹药开始，发展成为集修造船舰、炼钢炼铁、机械制造为一体的综合型近代企业。

1868年，江南制造总局的造船厂生产出了我国第一艘自行设计、制造的轮船"恬吉号"。曾国藩非常明白这艘轮船对国人救亡图存的重大意义，他的日记中有这样的记录："中国造的第一艘轮船就如此快速并且稳当，真是太开心了。"

江南制造总局还制造了大批的车床、刨床、钻床、锯床和起重机、抽水机、汽炉机等，成为中国机械制造产业的开端。它炼出的钢材，不但供应军事工业，还投入市场，支持了各地的民营企业。

在进行工业生产的同时，为了应对人才缺乏的状况，江南制造总局还兴办学校，并设立了我国近代第一个翻译机构——江南制造总局翻译馆，翻译的外文书籍涵盖了史志、政治、教育、兵制、船政、商学等内容，第一次较为系统地向国内介绍西方先进知识。

曾国藩为江南制造总局的兴办和发展倾注了大量的心血，因此被称为洋务运动的领袖人物。他在近乎绝境的路上，百折不挠，为救亡图存闯出了一条路。

重视德行　家风笃厚

中国有句俗话叫"富不过三代"，但这个说法对曾国藩的家族并不适用。据不完全统计，从曾国藩开始，这个家族涌现了各行各业的知名人物有200多人。这与曾国藩所倡导的家庭教育密切相关。

从普通农家子弟到国家重臣，曾国藩付出了艰辛努力。他曾在家书中留下16字箴言作为家训："家俭则兴，人勤则健；能勤能俭，永不贫贱。"而自己也身体力行，为后人树立了榜样。

曾国藩一生生活俭朴，他曾担任总督多年，地位显赫。

但即便如此,他穿的都是夫人做的布衣布袜,衣服上常有补丁。他考中进士时,曾做了一件上好的天青缎马褂儿,但只在走亲访友或过年时才穿一下。直到他去世,那件衣服还像新的一样。

一次,有位学生请曾国藩和他的家人一起吃饭,曾家两个未出嫁的女儿只有一条绸缎做的裤子。小女儿曾纪芬也想穿,急得哭了,曾国藩就安慰她说:"如果我明年还能做总督,就一定给你做一条绸缎裤子。"穿的如此,吃饭也是这样。曾国藩平时吃饭只吃一个荤菜,遇到有客人来才会再加一个,人们都称他为"一品(一个菜)宰相"。

曾国藩对子女的另一条要求是勤奋。不管公务多么繁忙,曾国藩都坚持给子女写信,了解他们的学业情况,亲自为他们批改诗文,探讨学业和生活中的种种问题。他还给子女们制订了严格的学习计划,督促他们每天坚持学习。他说:"我们家的男孩,看、读、写、作这四个学习项目缺一不可,女孩要把衣、食、粗(工)、细(工)这四项都学会。"

曾国藩的二儿子曾纪泽,是清代著名的外交家。在给曾纪泽的信中,曾国藩写道:"你每天起床后,先把衣服穿戴整齐,再向伯、叔问安,然后把所有房子打扫一遍再坐下来读书,每天至少要练习一千个字。"

曾国藩明白,决定家族成败的是子孙们优秀的道德品质,而不在于给他们留多少钱或让他们做多大的官,因此他才要求后代必须好好做人。在曾国藩倡导的笃厚家风的熏陶下,曾家后世人才辈出,活跃在科学技术、文化艺术、商业等各个领域,成为近现代历史上赫赫有名的"曾国藩家族"。

博物馆里的珍贵记忆

曾国藩故居藏书楼一角

湖南省双峰县曾国藩故居的藏书楼，是中国保存至今的七座私家藏书楼之一。曾国藩一生除从政、治兵外，读书、藏书、编书是他最大的爱好，他早年总结的治家信条是"书、蔬、鱼、猪、早、扫、考、保"八字，书被摆在第一位。曾国藩故居藏书楼藏书30余万卷，被称为近代中国私人藏书第一楼。曾氏家族与晚清时局有紧密联系，藏书楼收藏有许多具有鲜明时代色彩的奏章、书信、日记等私藏资料，像《李秀成供词》副本即收藏于此。

曾国藩的日记（复印件）

曾国藩总结出居官四败、居家四败以时刻警醒自己及家人，以达到仕宦之家悠久气象。

上图是曾国藩故居收藏的日记。曾国藩早期和普通人一样,做事情没有恒心,制订的目标经常达不到。为了培养持之以恒的精神,不断提升自身素养,他开始写日记,经常在日记中反省自己。日积月累,曾国藩不仅形成了有恒之心,而且提高了思想水平,学识和人品也都突飞猛进,实现了从普通人到一代名臣的飞跃。

曾国藩故居

位于湖南省双峰县的曾国藩故居,是曾国藩官运正隆时修建的宅邸,是全国重点文物保护单位、国家 AAAA 级景区。曾国藩深谙老庄之道,在权势最盛时就有了回乡归隐的想法,于是着手在家乡修建宅院。整个故居建筑算不

上富丽华美，宅院很大一部分用于植树种草，体现了曾国藩朴素的人生哲学。参观曾国藩故居，我们能够近距离感受曾国藩从乡村孩童成长为大人物的不凡历程。

湖南省博物馆

在曾国藩耀眼的政治、军事、文学成就之外，他的书法造诣经常被忽略。曾国藩是晚清著名的书法家，行书、楷书都自成一体。曾国藩的书法和他的人生一样，在40岁前默默无闻，但他坚持不懈，勤学苦练，终于功到自然成，下笔如神助，字里行间展现出深厚的文化底蕴，成为一代书法名家。湖南省博物馆收藏有多幅曾国藩的墨宝，欣赏曾国藩的书法，我们能够从他端庄劲拔的字迹上领略到曾国藩有恒心、求上进的奋斗人生。湖南省博物馆是我国首批国家一级博物馆，收藏文物18万余件，包括曾国藩书法作品等在内的近现代文物也是该馆的特色藏品。

"样式雷"家族：清代皇家首席建筑设计师

9

在清代建筑史上，有一个神秘的建筑世家，在200多年的岁月里，持续为皇家主持设计和建造宫殿、城池、园林、祠庙、陵寝等浩大的建筑工程。在我国入选世界文化遗产名录的古代建筑中，故宫、颐和园、天坛、承德避暑山庄等大约五分之一的建筑都是这个家族的杰作。这就是赫赫有名的"样式雷"家族。

这个家族为什么被称为"样式雷"呢？原来"雷"是他们家族的姓，在清代，专门负责皇家建筑样式设计的机构叫作"样式房"。雷家因为建筑技艺高超，好几代人都被选为样式房的掌案，所以后人就尊称雷家为"样式雷"了。

让皇帝念念不忘

第一代的"样式雷"名叫雷发达,生于明代末年,祖籍江西,他的祖父和父亲都是有名的木匠。雷发达从小耳濡目染,特别喜欢建筑技艺,长大后逐渐练就了扎实过硬的本领,在当地颇有名气。

清代初期,朝廷要建设皇家宫苑,在全国范围内招募能工巧匠,雷发达就和家人一起前去应征,开始了为皇家建造宫苑的生涯。雷家人的技艺高超,很快获得了那些来自全国各地的能工巧匠的认可,大家在工程中遇到什么问题都会向他们请教。

后来,康熙皇帝南巡,为充满浓郁文化特色的江南园林所深深倾倒。于是,他回到北京后,决定修建一座规模宏大的皇家园林——畅春园。雷发达的儿子雷金玉也参与到这项大工程当中。

这一天,到了畅春园正殿上梁的日子,康熙皇帝率领百官亲临现场观摩。

令人意想不到的是,上梁时,楠木大梁因卯口不合,突然从屋架上方垂了下来。

古人都很迷信,认为这是不祥的征兆,现场监督的工部官员们更是被吓得满头冒汗,生怕康熙皇帝龙颜大怒,那后果将不堪设想。

这可怎么办呢?

有人想到楠木大梁是雷金玉负责建造的,于是赶快把他叫来。

雷金玉火急火燎地赶到现场。官员们一看,这人才20多岁,怕他没有经验,都不禁替他捏了一把汗。

但是雷金玉胸有成竹,毫不慌张。只见他迅速爬到梁上,拿起随身携带的斧子,朝着大梁"笃、笃、笃"使劲砸了三下,巨大的木梁竟神奇地对准卯眼,稳稳当当地落了下去,连接处也严丝合缝地固定好了。

就这样,正殿的上梁仪式总算是有惊无险地完成了,一旁的官员们都长舒了一口气。在现场观礼的康熙皇帝目睹了上梁的全过程,心里不由得为雷金玉的不凡身手和高超技艺点赞,过了几天又亲自召见了他,并赏赐给他七品的官职。

后来,康熙皇帝还在《御制畅春园记》中写下"亦有朴斫,予尚念兹"的诗句来纪念雷金玉,意思是念念不忘他木匠技艺的高超。从此以后,雷金玉在京城便出了名,皇家有什么大的建筑工程,都要他参与其中。

到了雍正年间,朝廷开始扩建圆明园,雷金玉被任命为圆明园样式房掌案,成为雷家第一位担任这个职务的人。圆明园扩建工程完工后,雷金玉因为工作出色,受到了雍正皇帝的特殊嘉奖。当时还是皇子的乾隆皇帝也写了"古稀"二字,送给70岁的雷金玉。

雷金玉享誉京城绝非偶然,原因就在于他头脑灵活,善于学习和创新,并且能将前人的经验融会贯通、推陈出新,从而形成自己独特的建筑设计风格。例如,雷金玉在经过畅春园主殿上梁的事件之后,便苦苦思索,怎样才能让宫殿梁柱的高低、粗细分毫不差地合乎要求,最后结合实际操作经验,终于确定了以卯口宽度"斗口"为基本计算单位的模式,直到现在仍被沿用在木工行业之中。

凭真本事立足

人们常说"富不过三代",但是"样式雷"家族却能够从雷发达开始,连续八代传承,以至于著名建筑学家梁思成先生说:"在清代260余年间,北京皇室的建筑师成了世袭的职位。"人们都称赞"永修八代'样式雷',中国半部古建史"。

那么"样式雷"家族兴盛200多年的秘诀到底是什么呢?"样式雷"第五代传人雷景修的经历最能回答这个问题。

雷景修的父亲是"样式雷"的第四代传人雷家玺。雷家玺与长兄雷家玮、三弟雷家瑞一同供职于样式房,先后承办的工程有圆明园中绮春园的建设、长春园里如园的改建、承德避暑山庄的设计等。这哥儿仨是当时建筑设计界的"铁三角",而雷家玺的技艺水平又是三兄弟中最高的。

雷景修16岁时,就开始跟着父亲到样式房学习建筑技艺。那时候的样式房可以说是建筑领域的"皇家御用班底",由当时国内顶尖的建筑师们组成。这些建筑师不仅有一流的技艺,还具备扎实的人文素养。

当雷景修初次踏入样式房时,父亲就严肃地向他交代了一番话:

"样式房里的师傅都是世上一等一的高手,你不要以为自己是'样式雷'的子弟,就骄傲自满,一定要虚心向他们学习,否则成不了大事!"

雷景修虽然年纪小,但十分努力上进,听了父亲的话更加不敢懈怠。他进了样式房,就如同进入了建筑设计的天堂,如饥似渴地吸收着知识和经验。建筑工艺讲究的是"丁是丁,卯是卯",容不得半点儿差错,因此雷景修跟前辈们学习时,每一步都认真细致,从来不打马虎眼。

在前辈们的教导下,雷景修不断在实践中检验和夯实自己学到的知识,各项技艺突飞猛进,转眼就到了22岁。按照以往的经验,上一代"样式雷"会有意识地从子孙中挑选合适的接班人。被选中的子弟,16岁开始学习,20岁能够独当一面,到23岁时,不出什么意外的话,就会担任样式房的掌案,延续雷家的荣光和辉煌。

不料天有不测风云。这一年,父亲不幸患上了重病。

弥留之际,父亲担心雷景修学艺不精,难以担当样式房掌案的重任,便留下遗言,将掌案的职务移交给另一位建筑师。

从雷金玉到雷家玺,样式房掌案在雷家传承了三代,突然交出去,雷家上下都有些不舍。

雷景修更是有些不甘心,跪在父亲的床前泪流满面:"请父亲三思呀!"

父亲用虚弱的声音叮嘱雷景修道:

"掌案一职,是朝廷的任命。它在不在雷家人手中并不是一成不变的。只要我们有过硬的本事,能让大家心服口服,样式房终究离不开雷家。如果你技艺不够,强行担任这个职务,最后反而可能招来大祸!"

雷景修这才明白父亲的良苦用心,他流着泪向父亲保证:"孩儿谨遵父亲的教诲,一定刻苦钻研技艺,以后凭自己的真本事立足。"

此后,雷景修更加刻苦地学习研究建筑技艺,锲而不舍地奋斗了24年,终于凭借非凡的才能和丰富的经验,无可争议地成为样式房掌案,成为第五代"样式雷"。

样式房掌案重新回到雷家人手中,固然是靠雷景修的个人努力，但最主要的原因还是"样式雷"家族的锐意进取同时又足够谦虚谨慎的家风，以及传承上百年的家族技艺经验。雷景修经过这一番波折，更加重视子孙后代的教育，他一生勤勤恳恳，苦心经营家业、精心培养接班人。他的儿子雷思起、孙子雷廷昌都因为能力出众而连续成为样式房掌案，延续了"样式雷"的名号。

为后代留下一点儿宝贝

执掌样式房以后，雷景修本来以为这下总可以大展拳脚了，但是生不逢时，遇上了道光和咸丰年间的国力下降、外敌入侵的局面，国家没有力量再兴建大规模的工程。雷景修没有了用武之地，只能主持修建道光皇帝的陵墓，为咸丰皇帝设计陵墓，修一修故宫和圆明园等地方的宫殿。

1860 年 10 月，英法联军攻占北京，开始放火焚烧享誉

世界的皇家园林圆明园。圆明园样式房的工作被迫停止,雷景修也被迫歇业。

英法联军在圆明园肆意烧杀掠夺。看着自己家族几代人的心血就要被付之一炬,雷景修心痛不已。

"老祖宗留下的宝贝,不能都被毁了,好歹要给后代留下一些!"经过慎重考虑,雷景修决定冒着生命危险再次进入圆明园。

夜黑风高,他和几个家人、伙计偷偷潜入圆明园中。几个人连忙找到样式房仓库,把雷氏家族几代人设计的皇家建筑图样、烫样(建筑模型)与文字档册抢救出来,运回了自家宅院。

"只要这些资料还在,等敌人被赶走,我们总有一天能再把园子建起来!"雷景修望着被抢救回来的宝贝暗下决心。后来,他特意建了三间房屋,作为保存这些图档的仓库。

正是因为有雷景修勇敢的举动,凝结了雷家几代人心血的"样式雷"图档才免遭战火,保存了清代宫殿建筑设计的过程、细节等,为后人研究古代建筑艺术提供了珍贵的材料。尤其是那些烫样,制作得极其精细:烫样里大大小小的零件都是严格按照 1:100 或 1:200 的比例制作的,而且可以拆装,不但能将台基、瓦顶、柱子、门窗如实反映出来,甚至连床榻、桌椅、屏风纱橱都赫然入目。这些"样式雷"图档被后人誉为"皇家建筑的纸上博物馆"。2007 年,这些图档被列为世界记忆遗产,成为其中规模最大、内容最丰富的古代建筑设计智慧资源。

雷景修除了保存"样式雷"图档,还为"样式雷"家族纂修了族谱,为后人研究"样式雷"家族及其建筑技艺保存了有价值的历史资料。雷景修也因此被称为"样式雷"家族的集大成者。

清王朝灭亡以后,随着"样式雷"第八代传人雷献彩的离去,雷家后人大都不再从事建筑行业。但"样式雷"家族无与伦比的艺术作品和勤勉进取、恪尽职守的家风传承都成为我国优秀的文化遗产,成为值得后人学习、研究的典范。

博物馆里的珍贵记忆

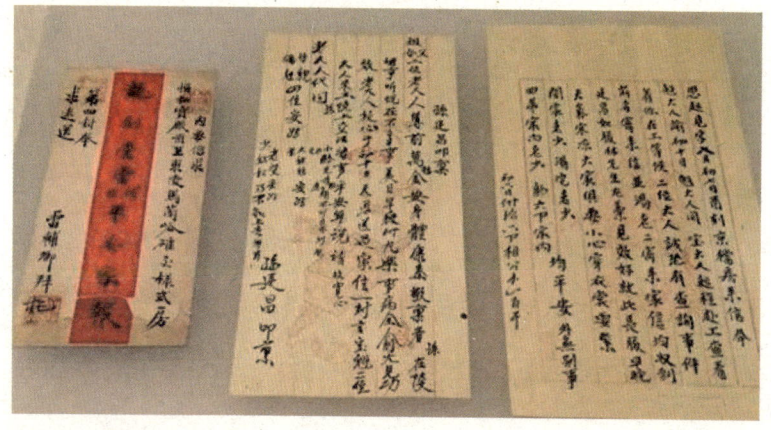

龙剑堂雷辅臣平安家书

  这张图片展示的文物名为"龙剑堂雷辅臣平安家书",是清代皇家建筑设计师"样式雷"家族14936件图档中的一部分,现藏于国家典籍博物馆。

  "龙剑堂"是"样式雷"本家宗族的堂号,雷辅臣就是第七代"样式雷"雷廷昌,这封信是他写给他的爷爷——第五代"样式雷"雷景修的家书。

在国家典籍博物馆的"样式雷"图档中，像这样的家书还有230余封，多是清代同治、光绪年间"样式雷"家族在清东陵修建定陵、定东陵和惠陵时所写的私人信件，这些信件从多个侧面记录了三代"样式雷"的真实生活。同时，家书也起到了传递家训、沟通感情、不断规范且哺育家族的作用。这也是"样式雷"家族精益求精的工匠精神能够代代相传的重要原因。

第六代"样式雷"
雷思起画像

这是第六代"样式雷"雷思起的画像,现藏于首都博物馆。画像上的雷思起是雷景修的第三子,他一生经历了清代道光、咸丰、同治以及光绪四位皇帝,主持修建了定陵、定东陵、惠陵和西苑(即今天的中南海),以及许多贵族的府邸、园林和墓葬等。第六代"样式雷"时,清内务府样式房的16名烫画样人中,有5名都是雷家人,那时也是"样式雷"家族发展的鼎盛时期。

故宫博物院

这张图片展示的就是现藏于故宫博物院的颐和园戏楼群——德和园的建筑烫样。"样式雷"是制作烫样的名家,他们制

德和园建筑烫样

作的烫样不仅能以假乱真,还可以拆卸,以便预测施工过程中可能出现的问题。烫样的设计制作,是"样式雷"声名远扬的重要原因之一。

故宫博物院中收藏了许多"样式雷"的建筑设计烫样,这些烫样是1860年英法联军侵入北京时,第五代"样式雷"雷景修不顾生命安危保留下来的。这是雷家几代人的心血和成果,保留了清代宫殿建筑设计的过程、细节等,成为我们了解清代建筑和设计程序的重要资料。

北海澄性堂烫样
清代(1636年—1912年)
故宫博物院藏

10

张謇：
办厂兴学的状元郎

在中国上千年的科举史上，状元一直是读书人中的佼佼者。但其中有一位状元郎与众不同，他以巨大的实业成就和社会贡献被人们代代传颂。这个人就是清代光绪年间的状元张謇。

张謇是江苏南通人，在考中状元的第二年就开始投身实业，先后开办了数十家企业，在中国近代历史上具有非常重要的影响。他还倡导"教育救国"，一生创办了各类学校近400所，涵盖了小学、中学、大学等教育阶段。张謇被誉为"中国的大实业家、大教育家"。

功夫不负有心人

张謇家本来世代务农,因为他的父亲张彭年精明能干,同时也做点小生意,家境才慢慢变好。由于小时候家境贫寒,读书不多,张彭年就将读书的希望寄托在后代身上,尽可能为孩子们创造好的学习环境。

张謇四岁时,父亲开始教他《千字文》,五岁时,父亲就送他去私塾读书了。在兄弟们中,张謇最聪颖,他不仅田里的活儿干得好,也十分喜欢读书,父亲对他的期望也就更高了,要求他既要会背《论语》《孟子》,还要理解书中的深意。几年后,张謇念完了蒙学阶段的书后,父亲就找到当地有名的宋蓬山先生,到家里专职为张謇兄弟几个授课。

在宋先生的教育下,张謇进步得很快。

有一天,父亲来检查孩子们的学习情况,有一位武官骑马从窗前走过。宋先生即兴出了一句上联"人骑白马门前去",让张謇对下联。张謇不慌不忙地答道:"我踏金鳌海上来。"父亲和老师听了连连称赞,古人用"独占鳌头"来形容状元及第,这句话不正表达了张謇的远大志向吗?等到他真的中了状元之后,这件事也就被传为佳话了。

尽管张謇志向远大,但一开始考试成绩并不理想。16岁时,他参加了南通的州试,结果排在100名以外,令人大为失望。此时张謇跟随宋先生的儿子宋璞斋学习。宋璞斋对这个结果也十分不满,他恨铁不成钢地对张謇说:"如果有一千个人考试,录取九百九十九个人,那唯一一个不被录取的人可能就是你了!"张謇听了以后,脸上火辣辣的。他把这些斥责的话当成鞭策,从此更加发奋苦读。他在窗格子上、床头柜上、蚊帐顶上、天花板上,都写下"九百九十九"5个字,时时提醒自己要努力学习。

同时,张謇制订了严格的学习计划并身体力行。为了让自己早起,他在枕头上插了两根短竹,睡觉时只要一转头就会被戳醒,醒了就起来读书。张謇不仅白天发奋读书,晚上还要学到燃尽两盏油灯才入睡。夏天蚊子多,为了免于蚊虫叮咬,专心读书,他用两只坛子装满水,将脚泡在里面,时间长了脚都被泡得发白起皱,很有古人"头悬梁,锥刺股"

的精神。

功夫不负有心人,张謇再次应考时,终于名列前茅。在人生后来的考试中,张謇也遇到了一些不如意的时候,但他顽强不屈、勤奋刻苦,最终在41岁的时候考取了状元,名震一时。

愿做有用之事

张謇考取状元后,进入翰林院任职。不久,中日甲午战争爆发,中国战败。中国的北洋水师——号称当时亚洲实力最强的海军舰队——全军覆没。

残酷的现实惊醒了张謇,他认为,"提升军力就可以强国"的观点是错误的,要挽救中华民族的危亡,唯一的出路只有创办实业,提升国家整体的竞争力。要兴办实业,就必须有充裕的科技人才,因此教育也同样重要。二者的关系是"以实业辅助教育,以教育改良实业",这就是张謇一生奉行的"父教育而母实业"的救国理念。

秉持着这个理念,张謇联合上海、南通一带的富商,向社会公开筹集资金,准备创办年产20000锭棉纱的大生纱厂。当时的中国,工商业还不发达,民间商人有了钱大多喜欢置办房产、田地或者在钱庄放贷,对投资实业兴趣不大。为了筹措开办资金,张謇经常往返于上海、南通之间,甚至卖字来筹集开办经费。感到茫然无助的时候,他常常对着黄浦江暗自流泪长叹。

最终,大生纱厂仅筹集到了计划资金的三分之一便艰难起步了,张謇亲自为纱厂拟定各项制度,大到成本核算,小到用纸用墨,都有详细规定,这让大生纱厂与传统的手工工厂迥然不同,一开始就走上了健康运行的路子。

正当张謇呕心沥血投入到纱厂运营工作中的时候,翰林院连发三封电报催他回京。一边是创业初期困难重重的大生纱厂,一边是光宗耀祖的读书人的天堂——翰林院,到底该如何抉择呢?

张謇坚定地表示:"愿成一分一毫有用之事,不愿居八命九命可耻之官。"一心想要实现实业救国理想的张謇,把大生纱厂作为自己一生的事业追求,对安逸舒适的官场没有丝毫的眷恋。在处理完翰林院的事情之后,他终于又回到了自己挂念的纱厂。

在张謇的悉心经营下,大生纱厂开办第一年就实现赢利,此后即使遭遇战乱,也依然每年赢利。张謇的经商才能得到了广泛赞誉。后来,他又陆续创办了农业、电力、交通、盐业、渔业等方面的企业,大都取得了成功。

经商赢利后,张謇首先想到的是投资办学。当时的著名教育家蔡元培认为,做教育应该先把大学整顿好、办好。张謇不这么认为,他说:"教育首先要打好基础,小学为先,师范为本,办好师范学校就会有好老师,办好基础教育,才是数十年后彻底提升国民素质的根本之法。"因此他拿出大生纱厂多年的盈利,创办了我国近代第一所民间私立师范学校——通州民立师范学校(今南通师范高等专科学校)。

张謇自己生活俭朴,在办学上却出手大方,一生创办了近400所各类学校,今天的南京大学、复旦大学、同济大学、河海大学、扬州大学等著名大学,都与张謇当年创办的学校有渊源。南通被称为"近代第一城",有人认为这与张謇兴办实业、热心教育、启发民智、教化风气不无关系。

永远的《家诫》

张謇为国家奔波半生,45岁的时候才有了儿子张孝若。按照现在一些人的想法,张孝若是标准的"富二代",理应过着锦衣玉食的生活。

然而,张謇却并不这样想。他说:"我只有这一个儿子,我必须好好教育他,让他成为国家的栋梁。"在张孝若刚懂事的时候,张謇就教导他做人要自立自强、自爱自重。他对儿子说:"你必须自爱自重。自爱自重没有别的,就在于勤学立品。如何立品? 就是不说谎,不骄躁,不懒惰,不放纵任性。"

张謇对儿子的教育,从很多小事上可以看出来。

张孝若本名叫怡祖,字孝若。他15岁时,有一次给张謇写信,可能是觉得自己长大了,就在信封上署名"孝若"。张謇回信时特别提到了这件"小事",他说:"古人到了二十岁,成年了才能用'字',表示成年后别人对他的尊称。自称要用'名',给父亲写信怎么能用'字'?这是礼节问题,你必须重视。"

品德之外,张謇更要求张孝若要勤奋学习、钻研学问。无论平时事务如何繁忙,他总会抽出时间了解儿子的学业情况。张謇曾说过:"如果没有学问、没有技能,如何能够救亡图存,实现国家富强?"因此,他时常告诫张孝若要努力读书。

除了言语上的教育,张謇也很重视以身作则,为儿子树立良好的榜样。家里生活上的吃穿用都非常简单,平常吃饭就是一荤一素两个菜,衣服也仅够平时换洗。他在写给夫人的一封信中说道:"能安居、有饭吃、有衣穿,便是幸福。"张謇曾经辑录了古人的七则诫子名言,精心编排成《家诫》,刻在石头屏风上,放在家里庭院的醒目处,力求让全家人时刻铭记,节俭就是其中的重要内容。

在张謇严格的教育下，张孝若养成了勤俭朴实的品德，没有沾染上任何"公子哥儿"的歪风邪气。后来他从美国哥伦比亚大学毕业回国，除了帮助父亲经营企业，还多次受政府委托出国考察工商业，成了国家的有用之材。在张謇的《家诫》和家风熏陶下，张孝若的儿孙们也都为国家的发展做出了重要的贡献。

博物馆里的珍贵记忆

《家诫》石碑

这是立在张謇故居江苏南通濠南别业中的《家诫》石碑。民国十年(1921),68岁的张謇渐渐感到暮年临近,迫切希望唯一的儿子张孝若能够尽快成才,因此选取了古人的家训刻于石碑之上,以此来告诫子孙。《家诫》石碑上的序言是张謇所写,剩下的是从西汉到宋代七位名人的诫子语录。张謇以石寄志,希望子孙能够谨言慎行,修身养性;淡泊名利,勤勉学问;忠信谦逊,明辨是非。

南通博物苑

在江苏南通,风光秀美的濠河风景区边上,坐落着中国人创办的第一座公共博物馆。这就是张謇于1905年创办的南通博物苑。

当年,张謇曾上书清政府,建议在京城创办博物馆,但建议没有得到采纳。于是他克服重重困难,在家乡创办了南通博物苑。张謇对博物馆的论述,成为中国博物馆学的

理论基石。小城南通,也因此成了中国博物馆事业的发祥地。

　　南通博物苑内有历史文物、革命文物、自然标本三个基本陈列。这里的藏品极具南通地方特色,如海安青墩新石器时代遗址出土的石器、陶器、玉器和骨角器,以及汉代的煎盐工具盘铁、1973年南通市出土的晚唐青瓷皮囊式壶等。透过这些藏品,你可以切身感受到南通这座城市的自然风貌与历史人文风光。

张謇纪念馆

这座有着浓郁民国范儿的张謇纪念馆，坐落在江苏省南通市海门区常乐镇，原本是张公故里祠堂，距张謇的出生地仅500米。

这里分五个部分介绍了张謇的一生，他的出生成长，他实业救国、教育兴国的经历，他为社会事业做出的贡献以及后人对他的研究和纪念，通过1000多张照片和300多件珍贵实物得以呈现。其中不仅有张謇用过的家具、文房四宝、照相机、电话机，有张謇创办实业的商标、股票、护照、厂牌、

产品、职工花名册、手书的厂约厂规，有张謇为创办学校题写的校牌、校训、校歌和学生的毕业证书，还有张謇给儿子张孝若的信函、题写的扇面等。

在展厅里，你能看到三个有趣的模型，"清末民初常乐镇区概貌"以及"状元府扶海垞"模型形象地再现了当年常乐镇繁荣兴旺的景象，"'青三'铁路与火车模型"则展示了1920年自青龙港到大生三厂开通的铁路线，这是张謇规划建造的、苏北最早的铁路线，也是当时全国最短的铁路。

"青三"铁路与火车模型

展厅的一角还摆放着一个庞然大物，那就是张謇创办的大生纱厂里用过的细纱机。大生纱厂是中国近代具有代表性的早期民族资本企业，2018年，大生纱厂（大生纱厂陈列室）入选了"中国工业遗产保护名录"。

细纱机

后记

　　为深入贯彻落实习近平总书记关于注重家庭家教家风建设的系列重要论述，使社会主义核心价值观在广大家庭中落地生根，在全国妇联家庭和儿童工作部指导下，中国妇女儿童博物馆深入挖掘馆藏资源，精心组织实施了"家家幸福安康工程"品牌活动"家风故事汇"项目。项目以弘扬中华传统家庭美德、红色家风、社会主义家庭文明新风尚为主旨，讲述了50余位古今名人近200个生动感人的优秀家风故事和感人励志故事，录制了故事音频，并推出了"我的家风第一课"系列丛书。

　　丛书在扎实的故事文本的基础上，设置特色版块"博物馆里的珍贵记忆"，为读者带去集历史性、知识性、故事性、互动性于一体的延伸阅读体验，让家长和孩子一起聆听家风好故事、讲述家风好榜样、传播时代好家风。丛书致力于引导小读者品味家国情怀，感悟崇高精神，传承红色基因，赓续精神血脉，增强爱党爱国爱社会主义的情感，培育和践行社会主义核心价值观；给孩子讲好"人生第一课"，帮助他们扣好人生第一粒扣子，激励他们成长为担当民族复兴大任的时代新人。

　　丛书由中国妇女儿童博物馆组织专业团队倾力创作，得到全国妇联相关部门及各有关方面专家的悉心指导。同时，新蕾出版社精心组织编辑、出版，给予了大力支持。在此，我们一并表示衷心的感谢！受史料和认识的局限，书中的不足在所难免，敬请读者批评指正。

　　希望这套书能够得到您的喜爱！

丛书编委会

2021年9月